BILINGUAL BOOK ENGLISH-SPANISH FOR INTERMEDIATE LEARNERS

Welcome to the Family

A Thrilling Crime Mystery

ARIEL SANDERS

Copyright © 2025 by ARIEL SANDERS
All rights reserved.

No part of this book may be reproduced, stored in a retrieval system, or transmitted in any form or by any means—electronic, mechanical, photocopying, recording, or otherwise—without the prior written permission of the publisher, except in the case of brief quotations used in reviews.

This book is intended for entertainment purposes only. While every effort has been made to ensure accuracy, the author and publisher make no representations or warranties regarding the completeness, accuracy, or reliability of the information contained within. The reader assumes full responsibility for their interpretation and application of any content in this book.

Index

Instructions	5
Instrucciones	6
Chapter 1 The Homecoming	9
Capítulo 1 El Regreso al Hogar	15
Chapter 2 Strange Traditions	21
Capítulo 2 Tradiciones Extrañas	27
Chapter 3 Night Whispers	33
Capítulo 3 Susurros Nocturnos	39
Chapter 4 The Forbidden Wing	45
Capítulo 4 El Ala Prohibida	55
Chapter 5 A Grisly Discovery	65
Capítulo 5 Un Descubrimiento Macabro	75
Chapter 6 The Hunt Begins	85
Capítulo 6 La Cacería Comienza	99
Chapter 7 The First Kill	115
Capítulo 7 El Primer Asesinato	129
Chapter 8 Blood and Ashes	143
Capítulo 8 Sangre y Cenizas	151
Epilogue One Year Later	159
Epílogo Un año después	163
Glossary in English	171
Chapter 1	171
Chapter 2	173
Chapter 3	175
Chapter 5	179
Chapter 6	181

Chapter 7	183
Chapter 8	185
Epilogue	187
Glosario en Español	188
Capítulo 1	188
Capítulo 2	190
Capítulo 3	192
Capítulo 4	194
Capítulo 5	196
Capítulo 6	198
Capítulo 7	200
Capítulo 8	202
Epílogo	204

Instructions

The book consists of **six chapters and an epilogue**, presented in **both English and Spanish** in a parallel format. Each chapter appears **first in English, followed by its Spanish translation**:

- **Chapter 1 in English**, then
- **Chapter 1 in Spanish**,
- **Chapter 2 in English**, then
- **Chapter 2 in Spanish**, and so on,
- ending with the **Epilogue in English**, followed by the **Epilogue in Spanish**.

At the **end of the book**, there are two glossaries:

1. **An English glossary** – listing the most difficult words from each chapter with their translation in Spanish.

2. **A Spanish glossary** – listing the most challenging words from the Spanish chapters with their translation in English.

This format ensures that readers can follow the story in both languages while having a dedicated reference for difficult vocabulary.

Instrucciones

El libro consta de **seis capítulos y un epílogo**, presentados en **inglés y español** en un formato paralelo. Cada capítulo aparece **primero en inglés, seguido de su traducción al español**:

- **Capítulo 1 en inglés**, luego
- **Capítulo 1 en español**,
- **Capítulo 2 en inglés**, luego
- **Capítulo 2 en español**, y así sucesivamente,
- finalizando con el **Epílogo en inglés**, seguido del **Epílogo en español**.

Al **final del libro**, hay dos glosarios:

1. **Glosario en inglés** – que contiene las palabras más difíciles de cada capítulo con sus traducciones al español.

2. **Glosario en español** – que incluye las palabras más difíciles de los capítulos en español con sus traducciones al inglés.

Este formato permite que los lectores sigan la historia en ambos idiomas, mientras cuentan con una referencia dedicada para el vocabulario difícil.

SPECIAL BONUS

Want this Bonus Ebook for *free*?

Chapter 1
The Homecoming

The iron gates of the Blackwood estate creaked open as the car approached, the sound piercing the otherwise silent countryside. Emily Winters—now Emily Blackwood—peered through the window at her new family home. Gothic spires reached toward the overcast sky, and dense forest pressed against the manicured grounds like an army at the gates.

"It's... something else," she murmured, trying to keep the unease from her voice.

James Blackwood squeezed her hand, his touch was cool, almost cold, but Emily had grown used to his perpetually icy skin throughout their relationship. "I told you it was impressive. Been in my family for generations."

"You didn't mention it was straight out of a horror movie," she said with a nervous laugh.

James smiled, the expression transforming his handsome face. At thirty-two, he carried himself with the confidence that came from old money and good breeding. His dark hair contrasted with striking blue eyes that had captivated Emily from the moment they'd met at that charity gala ten months ago.

"The Blackwoods have always had a flair for the dramatic," he said, kissing her knuckles. "Don't worry, you'll get used to it."

The gravel driveway seemed endless, winding through immaculate gardens that looked both perfectly maintained and somehow wild. Emily couldn't shake the feeling that eyes watched them from the forest beyond.

When they finally reached the circular drive before the mansion's entrance, a line of people stood waiting—the welcoming committee. James had explained that his family insisted on a proper post-wedding celebration, despite them having opted for an intimate ceremony in the city.

"Ready to meet your new family, Mrs. Blackwood?" James asked, his voice tinged with something Emily couldn't quite identify.

She smoothed down her cream-colored dress and nodded. "As I'll ever be."

The driver opened her door, and Emily emerged into the cool autumn air. James quickly joined her, placing a possessive hand at the small of her back as they approached the waiting group.

At the center stood a tall, distinguished man with silver-streaked black hair. His posture was rigid, his expression measured. To his left was a beautiful woman who must have been stunning in her youth and still carried herself with timeless elegance. Her auburn hair was pulled into a tight bun, accentuating sharp cheekbones and pale skin.

"Father, Mother," James said, inclining his head slightly. "May I present my wife, Emily."

Victor Blackwood stepped forward, his movements fluid and precise. "Welcome to our home, Emily." His voice was deep, cultured, and entirely devoid of warmth. He took her hand and brought it to his lips, but didn't quite make contact. His skin was cool to the touch.

"Thank you for having me," Emily replied, fighting the urge to withdraw her hand.

Lillian Blackwood moved next, embracing Emily with arms that felt like marble wrapped in silk. "We're so pleased James has finally found someone... worthy." She smiled, revealing perfect teeth. "He's always been so particular."

Before Emily could respond to the strange comment, a younger man stepped forward. He resembled James but with sharper features and cold eyes that seemed to assess her worth in a single glance.

"Nicholas," he introduced himself with a slight bow. "The elder brother. James has told us so little about you. I look forward to... getting to know you better." His smile didn't reach his eyes.

"And I'm Celeste," a melodic voice announced as a beautiful young woman glided forward. She couldn't have been more than twenty-two, with long black hair and the same striking blue eyes as her brothers. "I've always wanted a sister." Her smile seemed genuine, but there was something predatory about the way she studied Emily.

"It's lovely to meet you all," Emily said, feeling oddly like prey surrounded by wolves. "James has told me so much about you."

"Has he?" Victor raised an eyebrow at his son. "How uncharacteristically forthcoming of him."

James tightened his grip on Emily's waist. "Only the good parts, Father."

"Then it must have been a very short conversation," Nicholas quipped, earning a sharp look from Lillian.

"Come inside," Victor said, turning toward the house. "The staff has prepared refreshments, and I'm sure Emily would like to settle in before dinner."

As they approached the massive oak doors, Emily noticed the servants lined up along the path. Each bowed or curtseyed as the family passed, but not one would meet her gaze. A petite maid with auburn hair quickly looked away when Emily tried to smile at her.

Inside, the mansion was even more impressive—and oppressive. Vaulted ceilings soared overhead, and dark wood paneling lined walls adorned with portraits of stern-faced ancestors. Crystal chandeliers cast prismatic light across marble floors, but somehow the vast spaces remained in shadow.

"Mrs. Reynolds will show you to your room," Lillian said, gesturing to an elderly woman in black who materialized beside them. "Dinner is at eight. We dress formally at Blackwood Manor."

"I'll join you shortly," James told Emily, kissing her cheek. "Father wants a word."

Emily watched as James followed Victor into what appeared to be a study, the heavy door closing behind them with an ominous thud.

"This way, Mrs. Blackwood," Mrs. Reynolds said, her voice barely above a whisper.

As Emily followed the housekeeper up the grand staircase, she couldn't shake the feeling that she'd just been delivered into the hands of strangers—including her husband of three days.

Their bedroom was expansive, with a four-poster bed dominating the space. Heavy velvet curtains framed tall windows that overlooked the gardens and forest beyond. Despite the room's grandeur, Emily felt a chill that had nothing to do with the temperature.

"Will there be anything else, Mrs. Blackwood?" Mrs. Reynolds asked, hovering near the door after showing Emily the adjoining bathroom and dressing room.

"No, thank you," Emily replied, then hesitated. "Actually, Mrs. Reynolds, how long have you worked for the Blackwoods?"

The woman stiffened. "Forty-seven years, ma'am."

"You must know the family well."

Mrs. Reynolds' face remained impassive. "The Blackwoods are private people, ma'am. They value loyalty and discretion above all else." She paused, then added in a lower voice, "As should anyone who wishes to remain in their good graces."

Before Emily could press further, the housekeeper slipped from the room, leaving her alone with her mounting unease.

Emily moved to the window, gazing out at the grounds below. The sun was beginning to set, casting long shadows across the manicured lawn. Something moved at the forest's edge—a deer, perhaps, or a gardener heading home.

Then she noticed a small cemetery nestled in a grove of trees to the east of the house. Even from this distance, she could make out the Blackwood family crest on several of the larger monuments.

"Getting acquainted with the view?"

Emily startled at James's voice. She hadn't heard him enter.

"It's beautiful, in a somber sort of way," she said as he approached, wrapping his arms around her from behind.

"The Blackwoods have always appreciated beauty," he murmured against her neck. "It's why I chose you."

Something about his phrasing made her shiver. "What did your father want to discuss?"

James's embrace tightened slightly. "Just family business. Nothing for you to worry about." He kissed the sensitive spot below her ear. "You should rest before dinner. The journey was long."

"I'm not tired," Emily protested, but James was already guiding her toward the bed.

"Just a short nap," he insisted, his voice taking on a hypnotic quality that made her eyelids suddenly heavy. "I want you at your best tonight. First impressions matter in this family."

As Emily drifted off, she could have sworn she heard James whisper, "More than you could possibly imagine."

Capítulo 1
El Regreso al Hogar

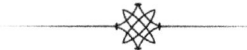

Las puertas de hierro de la propiedad Blackwood chirriaron al abrirse cuando el automóvil se aproximaba, un sonido que atravesó el silencio del campo. Emily Winters —ahora Emily Blackwood— miró por la ventana hacia su nuevo hogar familiar. Torres góticas se alzaban hacia el cielo nublado, y un denso bosque presionaba contra los terrenos cuidadosamente recortados como un ejército a las puertas.

"Es... algo particular", murmuró, intentando que la inquietud no se notara en su voz.

James Blackwood le apretó la mano, su tacto era fresco, casi frío, pero Emily se había acostumbrado a su piel perpetuamente helada a lo largo de su relación.

"Te dije que era impresionante. Ha pertenecido a mi familia por generaciones".

"No mencionaste que parecía sacada de una película de terror", dijo ella con una risa nerviosa.

James sonrió, transformando su rostro apuesto. A los treinta y dos años, irradiaba la confianza de alguien que había crecido en el seno de una familia adinerada y bien educada. Su cabello oscuro contrastaba con unos impactantes ojos azules que habían cautivado a Emily desde el momento en que se conocieron en aquella gala benéfica diez meses atrás.

"Los Blackwood siempre han tenido cierta inclinación por lo dramático", dijo, besándole los nudillos. "No te preocupes, te acostumbrarás".

El camino de grava parecía interminable, serpenteando a través de jardines inmaculados que lucían perfectamente mantenidos y, al mismo tiempo, de alguna manera salvajes. Emily no podía deshacerse de la sensación de que unos ojos los observaban desde el bosque.

Cuando finalmente llegaron a la entrada circular frente a la mansión, una fila de personas aguardaba —el comité de bienvenida. James le había explicado que su familia insistía en una celebración apropiada después de la boda, a pesar de que ellos habían optado por una ceremonia íntima en la ciudad.

"¿Lista para conocer a tu nueva familia, señora Blackwood?", preguntó James, con un tono que Emily no supo identificar exactamente.

Ella alisó su vestido color crema y asintió. "Todo lo lista que pueda estar".

El conductor abrió su puerta, y Emily salió al fresco aire otoñal. James rápidamente se unió a ella, colocando una mano posesiva en la parte baja de su espalda mientras se acercaban al grupo que esperaba.

En el centro se encontraba un hombre alto y distinguido con cabello negro veteado de plata. Su postura era rígida, su expresión medida. A su izquierda había una hermosa mujer que debió haber sido impresionante en su juventud y aún se movía con elegancia atemporal. Su cabello castaño rojizo estaba recogido en un moño apretado, acentuando pómulos afilados y piel pálida.

"Padre, Madre", dijo James, inclinando ligeramente la cabeza. "Os presento a mi esposa, Emily".

Victor Blackwood dio un paso adelante, con movimientos fluidos y precisos. "Bienvenida a nuestro hogar, Emily". Su voz era profunda, cultivada y completamente desprovista de calidez.

Tomó su mano y la llevó a sus labios, pero sin llegar a tocarla. Su piel estaba fría al tacto.

"Gracias por recibirme", respondió Emily, luchando contra el impulso de retirar su mano.

Lillian Blackwood se acercó después, abrazando a Emily con brazos que parecían mármol envuelto en seda. "Estamos tan complacidos de que James finalmente haya encontrado a alguien... digno". Sonrió, revelando dientes perfectos. "Siempre ha sido tan exigente".

Antes de que Emily pudiera responder al extraño comentario, un hombre más joven dio un paso adelante. Se parecía a James pero con rasgos más afilados y ojos fríos que parecían evaluar su valía en una sola mirada.

"Nicholas", se presentó con una ligera reverencia. "El hermano mayor. James nos ha contado tan poco sobre ti. Espero... conocerte mejor". Su sonrisa no llegó a sus ojos.

"Y yo soy Celeste", anunció una voz melodiosa mientras una hermosa joven se acercaba con gracia. No podía tener más de veintidós años, con largo cabello negro y los mismos impactantes ojos azules que sus hermanos. "Siempre he deseado tener una hermana". Su sonrisa parecía genuina, pero había algo depredador en la forma en que estudiaba a Emily.

"Es un placer conocerlos a todos", dijo Emily, sintiéndose extrañamente como una presa rodeada de lobos. "James me ha hablado mucho de vosotros".

"¿Ah, sí?", Victor levantó una ceja hacia su hijo. "Qué poco característico de él ser tan comunicativo".

James apretó su agarre en la cintura de Emily. "Solo las partes buenas, Padre".

"Entonces debe haber sido una conversación muy breve", comentó Nicholas, ganándose una mirada penetrante de Lillian.

"Entremos", dijo Victor, volviéndose hacia la casa. "El personal ha preparado aperitivos y bebidas, y estoy seguro de que Emily querría instalarse antes de la cena".

Mientras se acercaban a las enormes puertas de roble, Emily notó a los sirvientes alineados a lo largo del camino. Cada uno hacía una reverencia cuando la familia pasaba, pero ninguno encontraba su mirada. Una doncella menuda de cabello castaño rojizo apartó rápidamente la vista cuando Emily intentó sonreírle.

En el interior, la mansión era aún más impresionante —y opresiva. Techos abovedados se elevaban sobre sus cabezas, y paneles de madera oscura cubrían paredes adornadas con retratos de antepasados de expresión severa. Arañas de cristal proyectaban luz prismática sobre suelos de mármol, pero de alguna manera los vastos espacios permanecían en sombra.

"La señora Reynolds les mostrará su habitación", dijo Lillian, señalando a una anciana vestida de negro que se materializó junto a ellos. "La cena es a las ocho. Nos vestimos formalmente en la Mansión Blackwood".

"Me reuniré contigo en breve", le dijo James a Emily, besando su mejilla. "Padre quiere hablar conmigo".

Emily observó cómo James seguía a Victor hacia lo que parecía ser un estudio, la pesada puerta cerrándose tras ellos con un inquietante golpe sordo.

"Por aquí, señora Blackwood", dijo la señora Reynolds, con voz apenas audible.

Mientras Emily seguía al ama de llaves por la gran escalera, no podía deshacerse de la sensación de que acababa de ser entregada en manos de extraños, incluido su esposo de tres días.

Su dormitorio era amplio, con una cama con dosel dominando el espacio. Pesadas cortinas de terciopelo enmarcaban altas ventanas que daban a los jardines y al bosque más allá. A pesar de la grandeza de la habitación, Emily sintió un escalofrío que nada tenía que ver con la temperatura.

"¿Necesitará algo más, señora Blackwood?", preguntó la señora Reynolds, permaneciendo cerca de la puerta después de mostrarle el baño y el vestidor contiguos.

"No, gracias", respondió Emily, y luego dudó. "De hecho, señora Reynolds, ¿cuánto tiempo lleva trabajando para los Blackwood?"

La mujer se tensó. "Cuarenta y siete años, señora".

"Debe conocer bien a la familia".

El rostro de la señora Reynolds permaneció impasible. "Los Blackwood son personas reservadas, señora. Valoran la lealtad y la discreción por encima de todo". Hizo una pausa y añadió en voz más baja: " Como debería hacer cualquiera que quiera seguir en su favor".

Antes de que Emily pudiera insistir, el ama de llaves se escabulló de la habitación, dejándola sola con su creciente inquietud.

Emily se acercó a la ventana, contemplando los terrenos. El sol comenzaba a ponerse, proyectando largas sombras sobre el césped cuidado. Algo se movió en el borde del bosque —quizás un ciervo, o un jardinero que regresaba a casa.

Entonces notó un pequeño cementerio anidado en una arboleda al este de la casa. Incluso desde esta distancia, podía distinguir el escudo de la familia Blackwood en varios de los monumentos más grandes.

"¿Familiarizándote con la vista?"

Emily se sobresaltó ante la voz de James. No lo había oído entrar.

"Es hermosa, de una forma sombría", dijo mientras él se acercaba, rodeándola con sus brazos por detrás.

"Los Blackwood siempre han apreciado la belleza", murmuró contra su cuello. "Es por eso por lo que te elegí".

Algo en sus palabras la hizo estremecerse. "¿Qué quería discutir tu padre?"

El abrazo de James se tensó ligeramente. "Solo asuntos familiares. Nada de qué preocuparte". Besó el punto sensible bajo su oreja. "Deberías descansar antes de la cena. El viaje fue largo".

"No estoy cansada", protestó Emily, pero James ya la estaba guiando hacia la cama.

"Solo una pequeña siesta", insistió, su voz adoptando una cualidad hipnótica que hizo que sus párpados de repente se sintieran pesados. "Quiero que estés en tu mejor momento esta noche. Las primeras impresiones son importantes en esta familia".

Mientras Emily se quedaba dormida, podría haber jurado que oyó a James susurrar: "Más de lo que imaginas".

Chapter 2
Strange Traditions

Emily awoke disoriented, the unfamiliar room bathed in the fading light of sunset. For a moment, she couldn't remember where she was. Then it all came rushing back—the wedding, the journey, the strange welcome at Blackwood Manor.

James was gone, but a note on his pillow informed her that he'd left her to rest and would see her at dinner. A glance at the antique clock on the mantel showed it was nearly seven-thirty—she'd been asleep for hours.

She rushed to prepare, selecting a deep burgundy dress that hugged her figure before falling in a graceful sweep to the floor. As she fastened her grandmother's silver locket around her neck—a wedding gift that had been passed down through generations—there was a soft knock at the door.

The same petite maid who had avoided her gaze earlier entered with downcast eyes. "I've been sent to escort you to dinner, Mrs. Blackwood."

"Thank you..." Emily paused, waiting for a name.

"Lucy, ma'am," the girl supplied reluctantly.

"Thank you, Lucy. I'm afraid I'd get lost in this place without a guide."

The maid said nothing, merely nodding and gesturing for Emily to follow. As they descended the grand staircase, Emily tried again.

"Have you worked here long, Lucy?"

"Three years, ma'am." Lucy's voice was barely audible.

"You must know the family well by now."

Lucy's step faltered slightly. "The Blackwoods are good employers if you follow the rules."

"And what rules are those?"

The maid stopped, finally looking directly at Emily. Her eyes held a warning. "Never enter the west wing without permission. Never wander the grounds after dark. And never, ever question the family's... habits."

Before Emily could ask what she meant, they arrived at the dining room. Lucy quickly stepped aside, resuming her servile posture as she opened the double doors.

The Blackwood family was already assembled around a massive table that could seat twenty, though only five places were set. Crystal glittered in the candlelight, and silver service gleamed against the dark wood.

James rose immediately, coming to take her hand. "You look exquisite," he murmured, leading her to the chair beside his. Victor sat at the head of the table, with Lillian opposite him at the other end. Nicholas and Celeste occupied the remaining seats, both watching Emily with undisguised interest.

"I hope you rested well," Lillian said as a servant pulled out Emily's chair.

"Yes, thank you," Emily replied, though she felt anything but rested. "Your home is magnificent."

"It has served our needs for centuries," Victor said, raising his wine glass in a gesture for servants to fill everyone's goblets. Emily noticed that the deep red liquid in their glasses seemed thicker than wine.

As the first course was served—a delicate soup for Emily alone, she realized—Victor raised his glass. "A toast," he announced, his voice filling the cavernous room. "To Emily, whose new blood will strengthen the family. May her union with James be fruitful and... sustaining."

The way the family echoed "sustaining" sent a chill down Emily's spine.

Throughout the meal, Emily couldn't help but notice that while plate after plate was placed before her—each more elaborate than the last—the rest of the family merely sipped from their goblets, which were periodically refilled from a crystal decanter that was never brought to the table directly.

"Aren't you eating?" she finally asked James when the main course—a perfectly cooked duck breast with cherry reduction—was served.

"We ate earlier," James explained smoothly. "This dinner is in your honor."

"The Blackwoods follow a very specific diet," Nicholas added with a smirk. "Medical necessity."

"Nicholas," Lillian said sharply, "mind your manners."

"What kind of medical necessity?" Emily asked, her fork paused midway to her mouth.

"A rare condition," Victor replied. "Nothing that need concern you."

Celeste leaned forward, her blue eyes bright. "Tell us about your family, Emily. James mentioned your parents passed when you were young?"

Emily nodded, somewhat discomfited by the abrupt change of subject. "Yes, a car accident when I was sixteen. I was raised by my grandmother after that."

"No other family?" Nicholas pressed.

"No, and my grandmother passed last year," Emily said, a lump forming in her throat. "It's just me now."

The family exchanged glances that Emily couldn't interpret.

"Perfect," Celeste said with a brilliant smile. "I mean, how perfect that you can now be fully part of our family without... complications."

"James has always had excellent taste in women," Nicholas commented, swirling the liquid in his glass. "Though his previous relationships ended so... abruptly."

Emily frowned. "Previous relationships?"

James shot his brother a venomous look. "Nothing serious."

"What happened to them?" Emily asked, suddenly realizing she knew very little about James's past.

An uncomfortable silence fell over the table.

"They weren't suited to our way of life," Victor finally said. "The Blackwood legacy requires a certain... resilience."

"And breeding," Lillian added, her eyes assessing Emily in a way that made her feel like livestock at auction.

"Enough family history for one night," James interjected, placing his hand over Emily's. His touch was cooler than usual. "Emily must be overwhelmed with all the changes."

"On the contrary," Emily said, pulling her hand away. "I'd love to hear more about these women who weren't 'suited' to the Blackwood way of life."

Victor's expression hardened. "Perhaps you should retire, Emily. The journey must have been exhausting."

It wasn't a suggestion.

James stood, offering his hand. "Father's right. We have plenty of time for family stories."

Reluctantly, Emily allowed herself to be escorted from the dining room. As they climbed the stairs, she tried again. "James, what was Nicholas talking about? How many serious relationships have you had?"

"A few," he admitted as they reached their bedroom. "Nothing that matters now."

"And what happened to them?"

James sighed, opening the door. "They left."

"All of them? Just left?"

"This family isn't for everyone, Emily," he said, his tone suddenly cold. "The Blackwood name comes with certain... expectations. Not everyone can handle them."

"What expectations?" Emily pressed, stepping away from him. "What aren't you telling me?"

For a moment, something dark flashed in James's eyes—something hungry. Then it was gone, replaced by the charming smile she'd fallen in love with.

"Nothing that need worry your beautiful head," he said, closing the distance between them to stroke her cheek. "You're different from the others. Special. You'll understand everything soon enough."

He kissed her then, his lips strangely cool against hers. Despite her misgivings, Emily felt herself responding, her concerns melting away as his hands roamed her body with familiar skill.

Later, as James slept beside her, Emily stared at the ceiling, unable to quiet her mind. The family's odd behavior, the servants' fear, the cryptic comments about previous girlfriends—none of it made sense.

She decided then that she would uncover the truth, whatever it might be. Tomorrow, she would explore this strange house and find answers to the questions that plagued her.

Turning to look at her sleeping husband, Emily wondered if she truly knew the man she had married. In the moonlight, his skin seemed almost translucent, the veins beneath visible like a road map to his heart.

If he still had one.

Capítulo 2
Tradiciones Extrañas

Emily despertó desorientada, la habitación desconocida bañada en la luz menguante del atardecer. Por un momento, no pudo recordar dónde estaba. Entonces todo regresó de golpe: la boda, el viaje, la extraña bienvenida en la Mansión Blackwood.

James se había marchado, pero una nota en su almohada le informaba que la había dejado descansar y la vería en la cena. Una mirada al antiguo reloj sobre la chimenea mostró que eran casi las siete y media—había dormido durante horas.

Se apresuró a prepararse, eligiendo un vestido color borgoña intenso que se ajustaba a su figura antes de caer en un elegante vuelo hasta el suelo. Mientras se abrochaba el medallón de plata de su abuela alrededor del cuello—un regalo de bodas que había pasado de generación en generación—sonó un suave golpe en la puerta.

La misma doncella menuda que había evitado su mirada anteriormente entró con los ojos bajos. "Me han enviado para escoltarla a la cena, señora Blackwood."

"Gracias..." Emily hizo una pausa, esperando un nombre.

"Lucy, señora," dijo la joven a regañadientes.

"Gracias, Lucy. Me temo que me perdería en este lugar sin una guía."

La doncella no dijo nada, simplemente asintió y le indicó a Emily que la siguiera. Mientras descendían por la gran escalera, Emily intentó de nuevo.

"¿Llevas mucho tiempo trabajando aquí, Lucy?"

"Tres años, señora." La voz de Lucy era apenas audible.

"Ya debes conocer bien a la familia."

El paso de Lucy vaciló ligeramente. "Los Blackwood son buenos patrones si sigues las reglas."

"¿Y cuáles son esas reglas?"

La doncella se detuvo, mirando finalmente a Emily directamente. Sus ojos contenían una advertencia. "Nunca entre al ala oeste sin permiso. Nunca deambule por los terrenos después del anochecer. Y nunca, jamás cuestione los... hábitos de la familia."

Antes de que Emily pudiera preguntar qué quería decir, llegaron al comedor. Lucy rápidamente se hizo a un lado, retomando su postura servil mientras abría las puertas dobles.

La familia Blackwood ya estaba reunida alrededor de una mesa masiva que podría sentar a veinte personas, aunque solo había cinco lugares dispuestos. El cristal brillaba a la luz de las velas, y la vajilla de plata resplandecía contra la madera oscura.

James se levantó inmediatamente, acercándose para tomar su mano. "Te ves exquisita," murmuró, guiándola hacia la silla junto a la suya. Victor se sentaba a la cabecera de la mesa, con Lillian frente a él en el otro extremo. Nicholas y Celeste ocupaban los asientos restantes, ambos observando a Emily con interés no disimulado.

"Espero que hayas descansado bien," dijo Lillian mientras un sirviente retiraba la silla de Emily.

"Sí, gracias," respondió Emily, aunque se sentía cualquier cosa menos descansada. "Su hogar es magnífico."

"Ha servido a nuestras necesidades durante siglos," dijo Victor, levantando su copa de vino en un gesto para que los sirvientes llenaran las copas de todos. Emily notó que el líquido rojo oscuro en sus copas parecía más espeso que el vino.

Cuando se sirvió el primer plato—una delicada sopa solo para ella, se dio cuenta—Victor levantó su copa. "Un brindis," anunció, su voz llenando la cavernosa habitación. "Por Emily, cuya nueva sangre fortalecerá a la familia. Que su unión con James sea fructífera y... sustentadora."

La manera en que la familia repitió "sustentadora" envió un escalofrío por la columna de Emily.

Durante la comida, Emily no pudo evitar notar que mientras plato tras plato se colocaba ante ella—cada uno más elaborado que el anterior—el resto de la familia simplemente bebía a sorbos de sus copas, que eran periódicamente rellenadas de una licorera de cristal que nunca se traía directamente a la mesa.

"¿No van a comer?" finalmente le preguntó a James cuando se sirvió el plato principal—una pechuga de pato perfectamente cocinada con reducción de cerezas.

"Comimos antes," explicó James con suavidad. "Esta cena es en tu honor."

"Los Blackwood siguen una dieta muy específica," añadió Nicholas con una sonrisa burlona. "Necesidad médica."

"Nicholas," dijo Lillian con brusquedad, "cuida tus modales."

"¿Qué tipo de necesidad médica?" preguntó Emily, su tenedor detenido a medio camino hacia su boca.

"Una condición poco común," respondió Victor. "Nada que deba preocuparte."

Celeste se inclinó hacia adelante, sus ojos azules brillantes. "Háblanos de tu familia, Emily. James mencionó que tus padres fallecieron cuando eras joven, ¿verdad?"

Emily asintió, algo incómoda por el abrupto cambio de tema. "Sí, un accidente automovilístico cuando tenía dieciséis años. Me crió mi abuela después de eso."

"¿No hay más familia?" insistió Nicholas.

"No, y mi abuela falleció el año pasado," dijo Emily, formándose un nudo en su garganta. "Ahora solo estoy yo."

La familia intercambió miradas que Emily no pudo interpretar.

"Perfecto," dijo Celeste con una sonrisa brillante. "Quiero decir, qué perfecto que ahora puedas ser completamente parte de nuestra familia sin... complicaciones."

"James siempre ha tenido un excelente gusto para las mujeres," comentó Nicholas, agitando el líquido en su copa. "Aunque sus relaciones anteriores terminaron tan... abruptamente."

Emily frunció el ceño. "¿Relaciones anteriores?"

James lanzó a su hermano una mirada venenosa. "Nada serio."

"¿Qué les sucedió?" preguntó Emily, dándose cuenta repentinamente de que sabía muy poco sobre el pasado de James.

Un silencio incómodo cayó sobre la mesa.

"No eran adecuadas para nuestro modo de vida," dijo finalmente Victor. "El legado Blackwood requiere cierta... resistencia."

"Y crianza," añadió Lillian, sus ojos evaluando a Emily de una manera que la hacía sentir como ganado en una subasta.

"Suficiente historia familiar por una noche," intervino James, colocando su mano sobre la de Emily. Su tacto estaba más frío de lo usual. "Emily debe estar abrumada con todos los cambios."

"Al contrario," dijo Emily, retirando su mano. "Me encantaría escuchar más sobre esas mujeres que no eran 'adecuadas' para el modo de vida Blackwood."

La expresión de Victor se endureció. "Quizás deberías retirarte, Emily. El viaje debe haber sido agotador."

No era una sugerencia.

James se puso de pie, ofreciendo su mano. "Padre tiene razón. Tenemos mucho tiempo para historias familiares."

A regañadientes, Emily permitió que la escoltaran fuera del comedor. Mientras subían las escaleras, intentó de nuevo. "James, ¿de qué hablaba Nicholas? ¿Cuántas relaciones serias has tenido?"

"Algunas," admitió mientras llegaban a su dormitorio. "Nada que importe ahora."

"¿Y qué les pasó?"

James suspiró, abriendo la puerta. "Se fueron."

"¿Todas ellas? ¿Simplemente se fueron?"

"Esta familia no es para todos, Emily," dijo, su tono repentinamente frío. "El apellido Blackwood viene con ciertas... expectativas. No todos pueden manejarlas."

"¿Qué expectativas?" insistió Emily, alejándose de él. "¿Qué no me estás diciendo?"

Por un momento, algo oscuro destelló en los ojos de James—algo hambriento. Luego desapareció, reemplazado por la sonrisa encantadora de la que se había enamorado.

"Nada que deba preocupar tu hermosa cabeza," dijo, cerrando la distancia entre ellos para acariciar su mejilla. "Eres diferente a las otras. Especial. Lo entenderás todo muy pronto."

La besó entonces, sus labios extrañamente fríos contra los suyos. A pesar de sus recelos, Emily se encontró respondiendo, sus preocupaciones desvaneciéndose mientras las manos de él recorrían su cuerpo con habilidad familiar.

Más tarde, mientras James dormía a su lado, Emily miraba fijamente al techo, incapaz de calmar su mente. El extraño comportamiento de la familia, el miedo de los sirvientes, los comentarios crípticos sobre novias anteriores—nada tenía sentido.

Decidió entonces que descubriría la verdad, cualquiera que fuese. Mañana, exploraría esta extraña casa y encontraría respuestas a las preguntas que la atormentaban.

Volviéndose para mirar a su esposo dormido, Emily se preguntó si realmente conocía al hombre con quien se había casado. A la luz de la luna, su piel parecía casi translúcida, las venas debajo visibles como un mapa hacia su corazón.

Si es que aún tenía uno.

Chapter 3
Night Whispers

Emily woke with a start, heart pounding. The room was dark, moonlight filtering through a gap in the heavy curtains. Something had disturbed her sleep—a sound, or perhaps a feeling of being watched.

James's side of the bed was empty, the sheets cool to the touch. He'd been gone for some time.

A whisper of movement drew her attention to the window. The curtain fluttered slightly, though she could have sworn the window had been closed when they retired.

Slipping from the bed, Emily padded across the cold floor. The window stood ajar, the night air chilling her skin through her thin nightgown. Outside, the grounds were bathed in silvery moonlight, the garden paths cutting through lawns that seemed to glow with an eerie phosphorescence.

Movement caught her eye—a figure standing at the forest's edge, perfectly still. As her eyes adjusted, Emily recognized Nicholas, his face turned upward toward her window. Even from this distance, she could feel his gaze, predatory and intense.

She jerked back from the window, pulling the curtains closed with trembling hands. Her heart raced as she fumbled for the bedside lamp, desperate to dispel the darkness that suddenly seemed alive with menace.

The lamp cast a warm glow, but shadows still lurked in the corners of the vast room. Emily's gaze fell on the bedroom door—she distinctly remembered locking it before bed, a habit formed during years of living alone. Now the antique key was missing from the lock.

Crossing the room, she confirmed her fear—the door was unlocked. Someone had entered while she slept.

A soft scraping noise from the adjoining bathroom made her freeze. Grabbing a heavy candlestick from the dresser, Emily approached the partially open door, raising her makeshift weapon.

"James?" she called, her voice steadier than she felt. "Is that you?"

No answer came, but the scraping stopped.

With a deep breath, Emily pushed the door open.

The bathroom was empty, moonlight streaming through a small window above the claw-foot tub. Nothing seemed out of place until she noticed the window—like the bedroom window, it stood slightly open, the latch broken as if forced from outside.

A breeze stirred the sheer curtain, bringing with it a metallic scent that reminded Emily of the time she'd cut her finger helping her grandmother prepare dinner. The coppery tang of blood.

Backing out of the bathroom, Emily decided she needed to find James. She wouldn't spend another minute alone in this room with unlocked doors and broken windows.

She quickly dressed in jeans and a sweater, slipping her feet into comfortable shoes. The silver locket went around her neck—her grandmother had always said it would protect her from evil, a superstition that suddenly seemed less foolish in this house of shadows.

The hallway outside was dimly lit by wall sconces that created more darkness than light. Emily hesitated, trying to remember the layout of the house from her earlier tour. The main staircase was to the left, she recalled.

As she moved down the corridor, she could have sworn the shadows moved with her, stretching and contracting like living things. The portraits on the walls seemed to follow her with painted eyes, generations of Blackwoods watching her intrusion with aristocratic disdain.

At the top of the stairs, Emily paused, hearing voices from below. She crept down a few steps, clinging to the banister as she strained to listen.

"—cannot rush the process," Victor was saying, his voice carrying in the quiet house. "The preparation is delicate."

"She's asking questions already," Nicholas replied. "About the others."

"James should have been more careful in his selection this time," Lillian's voice added. "This one has spirit."

"Spirit is precisely what we need," Victor countered. "The last one was too weak, barely lasted a month."

"I like her," Celeste's voice chimed in. "She's stronger than she looks. The transition might actually take."

"If James doesn't drain her completely first," Nicholas said with a laugh that made Emily's blood run cold. "You know how he gets with the new ones."

"Enough," Victor commanded. "James knows his duty to the family. Emily will be properly prepared for the ritual at the new moon. Until then, keep her contained but comfortable. We need her trust."

"And if she tries to leave?" Nicholas asked.

"No one leaves Blackwood Manor without our permission," Victor replied. "You know that."

The conversation moved beyond Emily's hearing as the family retreated deeper into the house. She stood frozen on the stairs, trying to process what she'd heard. Preparation? Ritual? Transition? And most disturbing of all—drain her?

A noise behind her made Emily whirl around. James stood at the top of the stairs, his face half in shadow. How long had he been there? Had he heard her eavesdropping?

"Couldn't sleep?" he asked, his voice unnaturally calm.

"I was looking for you," Emily said, fighting to keep her voice steady. "Your side of the bed was cold."

"I had business to discuss with Father," he said, descending the steps to stand beside her. "Family matters."

"In the middle of the night?"

James's smile didn't reach his eyes. "The Blackwoods keep unusual hours. You'll adjust in time."

Emily tried to step away, but James caught her wrist. His grip was like iron, his fingers pressing against her pulse point.

"Your heart is racing," he observed, pulling her closer. "What frightened you, my love?"

"Nothing," she lied. "Just this old house. It creaks."

"Is that all?" James studied her face, his eyes reflecting the dim light like a cat's. "I thought perhaps you might have... overheard something."

"What would I have overheard?" Emily countered, meeting his gaze despite her fear.

James held her eyes for a long moment, then his expression softened. "Nothing of consequence." He released her wrist, only to slide his arm around her waist. "Come back to bed. I'll stay with you until morning."

The promise offered no comfort, but Emily allowed herself to be guided back to their room. James locked the door—both doors, including the bathroom—and placed the keys on the nightstand beside him.

"Just to keep you feeling secure," he explained with a smile that once would have melted her heart. Now it only made her wonder what lay behind it.

As she lay beside him in the darkness, Emily knew three things with absolute certainty: The Blackwoods were hiding something sinister, James was part of it, and she needed to escape before the new moon.

In the shadows beyond the window, something moved—a bat or bird, its wings momentarily silhouetted against the night sky. The sight sent a primal shiver through Emily's body.

Beside her, James's breathing remained too measured to be natural. He wasn't asleep; he was waiting. Watching. Guarding.

Emily closed her eyes and pretended to drift off, all the while planning her next move. Tomorrow, she would find out what happened to James's previous girlfriends. And she would make sure she didn't share their fate.

Capítulo 3
Susurros Nocturnos

Emily despertó sobresaltada, con el corazón acelerado. La habitación estaba oscura, la luz de la luna se filtraba por un hueco entre las pesadas cortinas. Algo había perturbado su sueño—un sonido, o quizás la sensación de estar siendo observada.

El lado de la cama de James estaba vacío, las sábanas frías al tacto. Había estado ausente por algún tiempo.

Un susurro de movimiento atrajo su atención hacia la ventana. La cortina se agitó ligeramente, aunque podría haber jurado que la ventana estaba cerrada cuando se retiraron a dormir.

Deslizándose fuera de la cama, Emily caminó sigilosamente por el frío suelo. La ventana estaba entreabierta, el aire nocturno enfriando su piel a través del fino camisón. Afuera, los terrenos estaban bañados por la plateada luz de la luna, los senderos del jardín cortando a través de céspedes que parecían brillar con una fosforescencia inquietante.

Un movimiento captó su atención—una figura de pie al borde del bosque, perfectamente inmóvil. Mientras sus ojos se adaptaban, Emily reconoció a Nicholas, su rostro vuelto hacia arriba, hacia su ventana. Incluso desde esta distancia, podía sentir su mirada, depredadora e intensa.

Retrocedió bruscamente de la ventana, cerrando las cortinas con manos temblorosas. Su corazón latía con fuerza mientras buscaba a tientas la lámpara de la mesita de noche, desesperada por disipar la oscuridad que de repente parecía cobrar vida con amenazas.

La lámpara proyectó un cálido resplandor, pero las sombras aún acechaban en los rincones de la vasta habitación. La mirada de Emily cayó sobre la puerta del dormitorio—recordaba claramente haberla cerrado con llave antes de acostarse, un hábito formado durante años de vivir sola. Ahora la antigua llave había desaparecido de la cerradura.

Cruzando la habitación, confirmó su temor—la puerta estaba desbloqueada. Alguien había entrado mientras dormía.

Un suave ruido de raspado proveniente del baño contiguo la hizo quedarse inmóvil. Agarrando un pesado candelabro del tocador, Emily se acercó a la puerta parcialmente abierta, alzando su improvisada arma.

"¿James?" llamó, con voz más firme de lo que se sentía. "¿Eres tú?"

No hubo respuesta, pero el raspado se detuvo.

Con una respiración profunda, Emily empujó la puerta para abrirla.

El baño estaba vacío, la luz de la luna entraba a raudales por una pequeña ventana sobre la bañera con patas. Nada parecía fuera de lugar hasta que notó la ventana—como la ventana del dormitorio, estaba ligeramente abierta, el pestillo roto como si hubiera sido forzado desde fuera.

Una brisa agitó la cortina translúcida, trayendo consigo un olor metálico que le recordó a Emily aquella vez que se había cortado el dedo ayudando a su abuela a preparar la cena. El sabor cobrizo de la sangre.

Retrocediendo del baño, Emily decidió que necesitaba encontrar a James. No pasaría ni un minuto más sola en esta habitación con puertas sin llave y ventanas rotas.

Se vistió rápidamente con jeans y un suéter, deslizando sus pies en zapatos cómodos. El medallón de plata rodeó su cuello—su abuela siempre había dicho que la protegería del mal, una superstición que de repente parecía menos absurda en esta casa de sombras.

El pasillo exterior estaba tenuemente iluminado por apliques murales que creaban más oscuridad que luz. Emily vaciló, tratando de recordar la distribución de la casa desde su recorrido anterior. La escalera principal estaba a la izquierda, recordó.

Mientras avanzaba por el corredor, podría haber jurado que las sombras se movían con ella, estirándose y contrayéndose como seres vivos. Los retratos en las paredes parecían seguirla con ojos pintados, generaciones de Blackwoods observando su intrusión con desdén aristocrático.

En lo alto de las escaleras, Emily se detuvo al oír voces desde abajo. Bajó sigilosamente algunos escalones, aferrándose al pasamanos mientras se esforzaba por escuchar.

"—no podemos apresurar el proceso," decía Victor, su voz resonando en la silenciosa casa. "La preparación es delicada."

"Ya está haciendo preguntas," respondió Nicholas. "Sobre las otras."

"James debería haber sido más cuidadoso en su elección esta vez," añadió la voz de Lillian. "Esta tiene espíritu."

"El espíritu es precisamente lo que necesitamos," rebatió Victor. "La última era demasiado débil, apenas duró un mes."

"Me gusta," intervino la voz de Celeste. "Es más fuerte de lo que parece. La transición podría realmente funcionar."

"Si James no la drena por completo primero," dijo Nicholas con una risa que heló la sangre de Emily. "Ya sabes cómo se pone con las nuevas."

"Suficiente," ordenó Victor. "James conoce su deber hacia la familia. Emily será debidamente preparada para el ritual en la luna nueva. Hasta entonces, manténganla contenida pero cómoda. Necesitamos su confianza."

"¿Y si intenta marcharse?" preguntó Nicholas.

"Nadie abandona la Mansión Blackwood sin nuestro permiso," respondió Victor. "Lo sabes bien."

La conversación se alejó del alcance auditivo de Emily mientras la familia se retiraba más profundamente en la casa. Permaneció inmóvil en las escaleras, tratando de procesar lo que había escuchado. ¿Preparación? ¿Ritual? ¿Transición? Y lo más inquietante de todo—¿drenarla?

Un ruido detrás de ella hizo que Emily girara bruscamente. James estaba de pie en lo alto de las escaleras, su rostro medio en sombras. ¿Cuánto tiempo había estado allí? ¿Habría escuchado su espionaje?

"¿No puedes dormir?" preguntó él, con voz anormalmente calmada.

"Te estaba buscando," dijo Emily, luchando por mantener su voz firme. "Tu lado de la cama estaba frío."

"Tenía asuntos que discutir con Padre," dijo, descendiendo los escalones para pararse junto a ella. "Asuntos familiares."

"¿En medio de la noche?"

La sonrisa de James no llegó a sus ojos. "Los Blackwood mantenemos horarios inusuales. Te adaptarás con el tiempo."

Emily intentó alejarse, pero James la agarró por la muñeca. Su agarre era como el hierro, sus dedos presionando contra su punto de pulso.

"Tu corazón está acelerado," observó, atrayéndola más cerca. "¿Qué te asustó, mi amor?"

"Nada," mintió. "Solo esta vieja casa. Cruje."

"¿Es todo?" James estudió su rostro, sus ojos reflejando la tenue luz como los de un gato. "Pensé que quizás podrías haber... escuchado algo."

"¿Qué podría haber escuchado?" contraatacó Emily, sosteniendo su mirada a pesar de su miedo.

James mantuvo sus ojos fijos en ella por un largo momento, luego su expresión se suavizó. "Nada importante." Soltó su muñeca, solo para deslizar su brazo alrededor de su cintura. "Volvamos a la cama. Me quedaré contigo hasta la mañana."

La promesa no ofrecía consuelo, pero Emily se dejó guiar de regreso a su habitación. James cerró la puerta con llave—ambas puertas, incluida la del baño—y colocó las llaves en la mesita de noche junto a él.

"Solo para que te sientas segura," explicó con una sonrisa que una vez le habría derretido el corazón. Ahora solo la hacía preguntarse qué se escondía detrás.

Mientras yacía junto a él en la oscuridad, Emily sabía tres cosas con absoluta certeza: Los Blackwood ocultaban algo siniestro, James era parte de ello, y ella necesitaba escapar antes de la luna nueva.

En las sombras más allá de la ventana, algo se movió—un murciélago o un pájaro, sus alas momentáneamente silueteadas contra el cielo nocturno. La visión envió un escalofrío a través del cuerpo de Emily.

A su lado, la respiración de James permanecía demasiado medida para ser natural. No estaba dormido; estaba esperando. Observando. Vigilando.

Emily cerró los ojos y fingió quedarse dormida, todo el tiempo planeando su próximo movimiento. Mañana, descubriría qué les había sucedido a las anteriores novias de James. Y se aseguraría de no compartir su destino.

Chapter 4
The Forbidden Wing

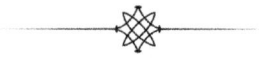

Morning arrived with fog clinging to the grounds, obscuring the forest and turning the garden into an otherworldly landscape. Emily stood at the window, watching servants move through the mist like ghosts. None ventured near the woods.

James had left before dawn, claiming an early meeting with Victor. He'd kissed her forehead, his lips cool against her skin, and promised to return by lunch. The keys had disappeared with him.

A soft knock announced Lucy with a breakfast tray. "Mrs. Blackwood asked me to bring you something to eat," she explained, setting down a spread of pastries, fruit, and coffee.

Emily thanked her, then asked casually, "Lucy, could you show me around the house today? I'd like to get my bearings."

The maid's eyes widened with alarm. "That's not my place, ma'am. Mrs. Reynolds would be better suited—"

"I'd prefer you," Emily interrupted. "You seem closer to my age, and honestly, Mrs. Reynolds intimidates me a little."

Lucy hesitated, clearly conflicted. "I'm not permitted to leave my duties, ma'am."

"Surely showing the newest family member around falls under your duties?" Emily pressed. When Lucy still looked uncertain, she added, "I'll speak to Mrs. Blackwood about it if you'd prefer."

"No!" Lucy's response was too quick, too fearful. "That won't be necessary. I can show you the main areas after you've eaten."

An hour later, Emily followed Lucy through the grand foyer, past the dining room she'd seen the night before, and into a series of increasingly impressive chambers. A music room with a gleaming grand piano. A library with thousands of leather-bound volumes. A conservatory filled with exotic plants that seemed to recoil as they passed.

Throughout the tour, Emily noted the lack of modern amenities. No television, no computers, not even a radio. The Blackwoods seemed frozen in time, their home a monument to an earlier era.

"What's through there?" Emily asked, pointing to a corridor branching off from the main hall.

Lucy stiffened. "The west wing, ma'am. It's not part of the tour."

"Why not?"

"Family quarters," Lucy replied too quickly. "Private."

Emily recalled the maid's warning from the previous evening: *Never enter the west wing without permission.* "Does James have rooms there?"

"Mr. James moved his belongings to your shared bedroom upon your arrival," Lucy said, carefully avoiding a direct answer. "The west wing is primarily Mr. Victor's domain."

"I see," Emily said, though she didn't. "And where do Nicholas and Celeste stay?"

"The east wing, ma'am. Third floor."

As they continued the tour, Emily made mental notes of exits, stairways, and anything that might help her navigate later. She also noticed the abundance of religious symbols throughout the house—all inverted or altered in some way. Crosses hung upside down, and what appeared to be a font for holy water near the main entrance contained a dark liquid that smelled of rust and salt.

When they reached the rear of the house, Emily glimpsed a heavy oak door partly concealed behind a tapestry. "And there?"

Lucy's face paled. "The basement, ma'am. Storage only. Nothing of interest."

The girl's reaction said otherwise, but Emily didn't push. Instead, she thanked Lucy for the tour and claimed she needed to rest before lunch. The moment the maid disappeared, Emily doubled back toward the west wing.

The corridor was eerily silent, the air noticeably cooler than the rest of the house. Portraits lined the walls—men and women with the same striking features as the current Blackwoods, though their clothing spanned centuries. Emily paused before a painting of a man who could have been James's twin, except for the Elizabethan ruff around his neck. The plaque beneath identified him as "Jameson Blackwood, 1583."

The family resemblance across generations was uncanny—almost impossible, in fact. Either the Blackwoods had remarkable genetics, or something stranger was at work.

At the end of the corridor stood a set of double doors, ornately carved with symbols Emily didn't recognize. Unlike the other doors in the house, this one featured a modern keypad lock—the only piece of technology she'd seen in the entire mansion.

As she examined it, a voice behind her made her jump.

"Curious little thing, aren't you?"

Celeste stood mere feet away, though Emily hadn't heard her approach. She wore a flowing black dress that emphasized her pale skin and made her blue eyes seem to glow.

"Just exploring," Emily said, forcing a smile. "This house is like a maze."

"Indeed," Celeste agreed, gliding closer. "Though some areas are not meant to be explored. Not without... preparation."

"What's behind those doors?"

Celeste's smile was enigmatic. "Family history. Boring stuff, really. Ancient artifacts, dusty ledgers, genealogical records." She linked her arm through Emily's, turning her away from the doors. "Come, let's have tea in the conservatory. I want to know everything about you."

Emily allowed herself to be led away, though she glanced back once to see Celeste tapping a code into the keypad. The numbers looked like a date: 1683.

In the conservatory, Celeste poured tea from a silver service, adding a spoonful of honey to Emily's cup. "Sugar?"

"No, thank you," Emily replied, watching Celeste carefully. Like the rest of the family, she took nothing for herself.

"You must have questions," Celeste said, settling into a wicker chair with feline grace. "Every new bride does."

"How many has there been?" Emily asked bluntly.

Celeste's smile widened, revealing teeth that seemed too sharp. "Straight to the point. I like that." She tapped a manicured finger against her cup. "James has had three serious relationships before you. None lasted long."

"What happened to them?"

"They couldn't adapt to our lifestyle," Celeste said with a shrug. "The Blackwood name carries certain... obligations."

"Such as?"

"Loyalty above all. Family secrets remain within these walls." Celeste leaned forward, her eyes suddenly intense. "Tell me, Emily, what do you know about your husband's... appetites?"

The question carried unsettling undertones. "I'm not sure what you mean."

"Does he ever bite?" Celeste asked, running a finger along her own neck. "During intimate moments?"

Heat rushed to Emily's face. "That's rather personal."

Celeste laughed, the sound like crystal shattering. "We're sisters now. Nothing is too personal." She studied Emily's neck. "No marks yet. He's showing remarkable restraint."

Before Emily could respond, a clock somewhere in the house chimed the hour. Celeste rose in a fluid motion. "I'm afraid I have duties to attend to. Feel free to enjoy the grounds—the gardens are lovely this time of year." Her smile turned predatory. "Just don't wander into the woods. The local wildlife can be... hungry."

After Celeste departed, Emily remained in the conservatory, turning over the strange conversation in her mind. She sipped her tea, which tasted oddly metallic beneath the honey. Setting it aside, she noticed a small key had appeared beside the saucer— an antique brass one that matched the older locks in the house.

A test, perhaps? Or a trap?

Emily pocketed the key and made her way back to the west wing. The corridor was empty, the house silent except for the occasional creak of ancient timbers settling. The keypad-locked door remained inaccessible, but halfway down the hall, she spotted another door with a simple brass lock.

The key slipped in smoothly, turning with barely a sound. Emily pushed the door open and stepped into a small, circular room lined with paintings. Unlike the formal portraits in the hallway, these were intimate scenes—couples embracing, laughing, dancing.

In each one, James was instantly recognizable, though his clothing changed with the decades. And in each, a different woman gazed adoringly into his eyes.

Emily moved closer to one dated 1963. The woman wore a mod-style dress, her blonde hair in a fashionable flip. Her expression was joyful, but her eyes held a hint of fear as James's hand gripped her waist.

In another from 1988, a brunette in a power suit smiled up at James, unaware of the shadow that loomed behind them—a shadow with Victor's profile.

The most recent painting, dated just three years prior, showed James with a redhead in a garden setting. The woman's posture was tense, her smile strained. Behind her, Nicholas and Celeste stood partially concealed by trees, watching with undisguised hunger.

A noise in the hallway made Emily turn. Through the partially open door, she saw Celeste glide past, followed by a shadow too large to be human. Emily pressed herself against the wall, heart hammering, until the footsteps faded.

She was about to leave when a final portrait caught her eye—one hanging alone on the far wall. Unlike the others, this showed

James with a woman whose face was obscured, her features intentionally blurred. The date beneath read "2025"—this year.

With dawning horror, Emily realized she was looking at herself, or rather, what the artist imagined she would look like. In the painting, her body was limp in James's arms, her head tilted back to expose her throat. James's mouth was open against her neck, his eyes solid black, while the rest of the Blackwood family circled them like vultures.

A whisper of movement behind her was all the warning she had. Emily whirled to find Celeste standing in the doorway, her expression unreadable.

"You found your way in," she observed coolly. "Clever girl."

"What is this place?" Emily demanded, gesturing to the paintings. "What are you planning to do to me?"

Celeste stepped into the room, closing the door behind her. "The Gallery of Brides, we call it. Each of James's chosen ones, immortalized before their... transition."

"Transition to what?"

"Some became like us," Celeste said, moving closer. "Most didn't survive the process." She ran a finger along the frame of the 1988 portrait. "This one almost made it. She had spirit, like you. But in the end, her heart gave out."

Emily backed away, bumping into the wall. "What are you?"

"You know," Celeste said, her voice dropping to a hypnotic whisper. "Deep down, you've suspected from the moment you arrived." Her eyes seemed to change, the blue darkening to black. "Haven't you wondered why none of us eat? Why we only move about at night? Why James's skin feels cool to your touch?"

"It's not possible," Emily whispered.

"Many things are possible in this world," Celeste replied, now impossibly close. "Things your modern mind refuses to accept." She reached out, one finger tracing the pulse point at Emily's throat. "I can hear your heart, sister. So strong. So vital. You might actually survive."

Emily jerked away. "Don't touch me."

"As you wish," Celeste said, stepping back with a smile. "For now." She moved to the door. "James will be disappointed you discovered this place so soon. He wanted to prepare you gradually."

"For what?"

"The joining, of course." Celeste's hand rested on the doorknob. "Every hundred years, the Blackwood bloodline must be renewed. Fresh blood, fresh life force. It sustains us."

"You're insane," Emily said, trying to keep the terror from her voice. "All of you. You need help."

Celeste laughed, the sound echoing in the small room. "We've existed for centuries, little sister. Long before your kind invented psychiatry to explain away the things that terrify you." She opened the door. "Rest while you can. The new moon is in three days."

After Celeste departed, Emily remained frozen, her mind racing. Vampires. It sounded absurd, yet it explained everything—their aversion to food, their pale skin, the cool touch, the nocturnal habits.

She needed to get out. Now.

Emily slipped from the gallery, her heart pounding as she made her way back to the main staircase. She would grab her purse and phone from her room, then find a way to the garage. Surely one of the cars would have keys inside.

As she turned the corner, a firm hand grasped her elbow.

"There you are," James said, his voice tight with controlled anger. "I've been looking everywhere for you."

His eyes flicked to her hand, still clutching the brass key. His expression darkened.

"I see you've been exploring."

Capítulo 4
El Ala Prohibida

---※---

La mañana llegó con la niebla aferrada a los terrenos, oscureciendo el bosque y convirtiendo el jardín en un paisaje sobrenatural. Emily estaba de pie junto a la ventana, observando a los sirvientes moverse a través de la bruma como fantasmas. Ninguno se aventuraba cerca del bosque.

James se había marchado antes del amanecer, alegando una reunión temprana con Victor. Le había besado la frente, sus labios fríos contra su piel, y prometido regresar para el almuerzo. Las llaves habían desaparecido con él.

Un suave golpe anunció a Lucy con una bandeja de desayuno. "La señora Blackwood me pidió que le trajera algo de comer," explicó, dejando una variedad de pasteles, fruta y café.

Emily le agradeció, y luego preguntó casualmente: "Lucy, ¿podrías mostrarme la casa hoy? Me gustaría orientarme."

Los ojos de la doncella se ensancharon con alarma. "No es mi deber, señora. La señora Reynolds sería más adecuada—"

"Te prefiero a ti," interrumpió Emily. "Pareces más cercana a mi edad y, honestamente, la señora Reynolds me intimida un poco."

Lucy vaciló, claramente en conflicto. "No tengo permitido abandonar mis obligaciones, señora."

"¿Seguramente mostrarle la casa al miembro más nuevo de la familia cae dentro de tus obligaciones?" insistió Emily. Cuando Lucy todavía parecía insegura, añadió: "Hablaré con la señora Blackwood al respecto si lo prefieres."

"¡No!" La respuesta de Lucy fue demasiado rápida, demasiado temerosa. "Eso no será necesario. Puedo mostrarle las áreas principales después de que haya comido."

Una hora más tarde, Emily seguía a Lucy a través del gran vestíbulo, pasando por el comedor que había visto la noche anterior, y entrando en una serie de cámaras cada vez más impresionantes. Una sala de música con un reluciente piano de cola. Una biblioteca con miles de volúmenes encuadernados en piel. Un invernadero lleno de plantas exóticas que parecían retroceder cuando pasabas.

Durante todo el recorrido, Emily notó la falta de comodidades modernas. Sin televisión, sin ordenadores, ni siquiera una radio. Los Blackwood parecían congelados en el tiempo, su hogar un monumento a una época anterior.

"¿Qué hay por allí?" preguntó Emily, señalando un corredor que se ramificaba desde el pasillo principal.

Lucy se tensó. "El ala oeste, señora. No es parte del recorrido."

"¿Por qué no?"

"Aposentos familiares," respondió Lucy demasiado rápido. "Privados."

Emily recordó la advertencia de la doncella de la noche anterior: Nunca entre al ala oeste sin permiso. "¿James tiene habitaciones allí?"

"El señor James trasladó sus pertenencias a su dormitorio compartido tras su llegada," dijo Lucy, evitando cuidadosamente una respuesta directa. "El ala oeste es principalmente el dominio del señor Victor."

"Ya veo," dijo Emily, aunque no era así. "¿Y dónde se alojan Nicholas y Celeste?"

"En el ala este, señora. Tercer piso."

Mientras continuaban el recorrido, Emily tomó notas mentales de salidas, escaleras y cualquier cosa que pudiera ayudarla a navegar más tarde. También notó la abundancia de símbolos religiosos en toda la casa—todos invertidos o alterados de alguna manera. Cruces colgadas al revés, y lo que parecía ser una pila de agua bendita cerca de la entrada principal contenía un líquido oscuro que olía a óxido y sal.

Cuando llegaron a la parte trasera de la casa, Emily vislumbró una pesada puerta de roble parcialmente oculta detrás de un tapiz. "¿Y allí?"

El rostro de Lucy palideció. "El sótano, señora. Solo almacenamiento. Nada de interés."

La reacción de la joven decía lo contrario, pero Emily no insistió. En cambio, agradeció a Lucy por el recorrido y alegó que necesitaba descansar antes del almuerzo. En el momento en que la doncella desapareció, Emily regresó hacia el ala oeste.

El corredor estaba inquietantemente silencioso, el aire notablemente más frío que el resto de la casa. Retratos cubrían las paredes—hombres y mujeres con los mismos rasgos llamativos que los Blackwood actuales, aunque su vestimenta abarcaba siglos. Emily se detuvo ante una pintura de un hombre que podría haber sido el gemelo de James, excepto por la gorguera isabelina alrededor de su cuello. La placa debajo lo identificaba como "Jameson Blackwood, 1583."

El parecido familiar a través de las generaciones era extraordinario—casi imposible, de hecho. O los Blackwood tenían una genética notable, o algo más extraño estaba en juego.

Al final del corredor había un conjunto de puertas dobles, ornamentadamente talladas con símbolos que Emily no reconoció. A diferencia de las otras puertas de la casa, esta contaba con una cerradura de teclado moderna—la única pieza de tecnología que había visto en toda la mansión.

Mientras la examinaba, una voz detrás de ella la hizo saltar.

"Vaya, qué curiosa eres, ¿no?"

Celeste estaba a pocos pasos, aunque Emily no la había oído acercarse. Llevaba un vestido negro fluido que enfatizaba su piel pálida y hacía que sus ojos azules parecieran brillar.

"Solo explorando," dijo Emily, forzando una sonrisa. "Esta casa es como un laberinto."

"En efecto," concordó Celeste, deslizándose más cerca. "Aunque algunas áreas no están destinadas a ser exploradas. No sin... preparación."

"¿Qué hay detrás de esas puertas?"

La sonrisa de Celeste era enigmática. "Historia familiar. Cosas aburridas, realmente. Artefactos antiguos, libros polvorientos, registros genealógicos." Entrelazó su brazo con el de Emily, alejándola de las puertas. "Ven, tomemos té en el invernadero. Quiero saberlo todo sobre ti."

Emily se dejó conducir, aunque miró hacia atrás una vez para ver a Celeste tecleando un código en el teclado. Los números parecían una fecha: 1683.

En el invernadero, Celeste sirvió té de un juego de plata, añadiendo una cucharada de miel a la taza de Emily. "¿Azúcar?"

"No, gracias," respondió Emily, observando a Celeste con cuidado. Como el resto de la familia, no tomó nada para ella misma.

"Debes tener preguntas," dijo Celeste, acomodándose en una silla de mimbre con gracia felina. "Cada nueva novia las tiene."

"¿Cuántas ha habido?" preguntó Emily sin rodeos.

La sonrisa de Celeste se ensanchó, revelando dientes que parecían demasiado afilados. "Directa al grano. Me gusta." Golpeó un dedo manicurado contra su taza. "James ha tenido tres relaciones serias antes que tú. Ninguna duró mucho."

"¿Qué les sucedió?"

"No pudieron adaptarse a nuestro estilo de vida," dijo Celeste con un encogimiento de hombros. "El apellido Blackwood conlleva ciertas... obligaciones."

"¿Como cuáles?"

"Lealtad por encima de todo. Los secretos familiares permanecen dentro de estos muros." Celeste se inclinó hacia adelante, sus ojos repentinamente intensos. "Dime, Emily, ¿qué sabes sobre los... apetitos de tu marido?"

La pregunta contenía matices inquietantes. "No estoy segura de qué quieres decir."

"¿Alguna vez muerde?" preguntó Celeste, pasando un dedo a lo largo de su propio cuello. "¿Durante momentos íntimos?"

El calor subió al rostro de Emily. "Eso es bastante personal."

Celeste se rió, el sonido como cristal rompiéndose. "Ahora somos hermanas. Nada es demasiado personal." Estudió el cuello de Emily. "Aún no hay marcas. Está mostrando una notable contención."

Antes de que Emily pudiera responder, un reloj en algún lugar de la casa dio la hora. Celeste se levantó con un movimiento fluido. "Me temo que tengo obligaciones que atender. Siéntete libre de disfrutar de los terrenos—los jardines son preciosos en esta época del año." Su sonrisa se volvió depredadora. "Solo no te aventures en el bosque. La fauna local puede estar... hambrienta."

Después de que Celeste se fuera, Emily permaneció en el invernadero, reflexionando sobre la extraña conversación. Sorbió su té, que sabía extrañamente metálico bajo la miel. Al dejarlo a un lado, notó que una pequeña llave había aparecido junto al platillo—una de latón antiguo que coincidía con las cerraduras más viejas de la casa.

¿Una prueba, quizás? ¿O una trampa?

Emily se guardó la llave en el bolsillo y se dirigió de vuelta al ala oeste. El corredor estaba vacío, la casa silenciosa excepto por el ocasional crujido de las antiguas vigas asentándose. La puerta con cerradura de teclado seguía inaccesible, pero a mitad del pasillo, vio otra puerta con una simple cerradura de latón.

La llave entró con suavidad, girando casi sin hacer ruido. Emily abrió la puerta y entró en una pequeña habitación circular forrada de pinturas. A diferencia de los retratos formales del pasillo, estas eran escenas íntimas—parejas abrazándose, riendo, bailando.

En cada una, James era instantáneamente reconocible, aunque su vestimenta cambiaba con las décadas. Y en cada una, una mujer diferente lo miraba adoradoramente a los ojos.

Emily se acercó a una fechada en 1963. La mujer llevaba un vestido de estilo moderno, su cabello rubio en un elegante giro. Su expresión era alegre, pero sus ojos contenían un indicio de miedo mientras la mano de James apretaba su cintura.

En otra de 1988, una morena con traje de ejecutiva sonreía a James, sin darse cuenta de la sombra que se cernía detrás de ellos—una sombra con el perfil de Victor.

La pintura más reciente, fechada apenas tres años antes, mostraba a James con una pelirroja en un entorno de jardín. La postura de la mujer era tensa, su sonrisa forzada. Detrás de ella, Nicholas y Celeste estaban parcialmente ocultos por los árboles, observando con hambre no disimulada.

Un ruido en el pasillo hizo que Emily se girara. A través de la puerta parcialmente abierta, vio a Celeste deslizarse, seguida por una sombra demasiado grande para ser humana. Emily se apretó contra la pared, con el corazón martilleando, hasta que las pisadas se desvanecieron.

Estaba a punto de irse cuando un último retrato llamó su atención—uno colgado solo en la pared del fondo. A diferencia de los otros, este mostraba a James con una mujer cuyo rostro estaba oscurecido, sus rasgos intencionalmente difuminados. La fecha debajo decía "2025"—este año.

Con un horror creciente, Emily se dio cuenta de que estaba mirando a su propio retrato, o más bien, cómo el artista imaginaba que se vería. En la pintura, su cuerpo estaba lánguido en los brazos de James, su cabeza inclinada hacia atrás para exponer su garganta. La boca de James estaba abierta contra su cuello, sus ojos completamente negros, mientras el resto de la familia Blackwood los rodeaba como buitres.

Un susurro de movimiento detrás de ella fue toda la advertencia que tuvo. Emily giró para encontrar a Celeste de pie en la puerta, su expresión indescifrable.

"Encontraste tu camino aquí," observó fríamente. "Chica lista."

"¿Qué es este lugar?" exigió Emily, señalando las pinturas. "¿Qué planean hacerme?"

Celeste entró en la habitación, cerrando la puerta tras ella. "La Galería de las Novias, la llamamos. Cada una de las elegidas de James, inmortalizadas antes de su... transición."

"¿Transición a qué?"

"Algunas se volvieron como nosotros," dijo Celeste, acercándose. "La mayoría no sobrevivió al proceso." Pasó un dedo por el marco del retrato de 1988. "Esta casi lo logró. Tenía espíritu, como tú. Pero al final, su corazón cedió."

Emily retrocedió, chocando contra la pared. "¿Qué sois?"

"Lo sabes," dijo Celeste, su voz bajando a un susurro hipnótico. "En el fondo, has sospechado desde el momento en que llegaste." Sus ojos parecieron cambiar, el azul oscureciéndose hasta volverse negro. "¿No te has preguntado por qué ninguno de nosotros come? ¿Por qué solo nos movemos por la noche? ¿Por qué la piel de James se siente fría a tu tacto?"

"No es posible," susurró Emily.

"Muchas cosas son posibles en este mundo," respondió Celeste, ahora imposiblemente cerca. "Cosas que tu mente moderna se niega a aceptar." Extendió la mano, un dedo trazando el punto del pulso en la garganta de Emily. "Puedo oír tu corazón, hermana. Tan fuerte. Tan vital. Puede que realmente sobrevivas."

Emily se apartó bruscamente. "No me toques."

"Como desees," dijo Celeste, retrocediendo con una sonrisa. "Por ahora." Se dirigió a la puerta. "James estará decepcionado de que descubrieras este lugar tan pronto. Él quería prepararte gradualmente."

"¿Para qué?"

"La unión, por supuesto." La mano de Celeste descansaba sobre el pomo de la puerta. "Cada cien años, el linaje Blackwood debe ser renovado. Sangre fresca, fuerza vital fresca. Nos sustenta."

"Estáis locos," dijo Emily, tratando de mantener el terror fuera de su voz. "Todos vosotros. Necesitáis ayuda."

Celeste rió, el sonido haciendo eco en la pequeña habitación. "Hemos existido durante siglos, hermanita. Mucho antes de que tu especie inventara la psiquiatría para explicar las cosas que te aterrorizan." Abrió la puerta. "Descansa mientras puedas. La luna nueva es en tres días."

Después de que Celeste se marchara, Emily permaneció congelada, su mente acelerada. Vampiros. Sonaba absurdo, pero explicaba todo—su aversión a la comida, su piel pálida, el tacto frío, los hábitos nocturnos.

Necesitaba salir. Ahora.

Emily se escabulló de la galería, su corazón latiendo con fuerza mientras se dirigía de vuelta a la escalera principal. Cogería su bolso y teléfono de su habitación, luego encontraría un camino hacia el garaje. Seguramente uno de los coches tendría las llaves dentro.

Al doblar la esquina, una mano firme agarró su codo.

"Aquí estás," dijo James, su voz tensa con ira controlada. "Te he estado buscando por todas partes."

Sus ojos se dirigieron a su mano, aún aferrada a la llave de latón. Su expresión se oscureció.

"Veo que has estado explorando."

Chapter 5
A Grisly Discovery

"It's not what you think," Emily said automatically, though she knew the lie was transparent.

James's grip tightened painfully. "Then what is it, my love? Enlighten me."

"Celeste gave me the key," Emily admitted, deciding truth might serve her better. "I think she wanted me to find that room."

Something flashed in James's eyes—anger, but not at her. "Celeste has always enjoyed her games." He loosened his hold slightly. "What did she tell you?"

"Enough to know I need to leave," Emily said, pulling away. "This family is sick, James. Whatever you're planning—"

"You have no idea what we're planning," he cut her off, his voice eerily calm. "No idea what we're offering you."

"Immortality?" Emily challenged. "At what cost? Those other women—your previous 'brides'—what happened to them?"

James sighed, running a hand through his hair in a gesture so normal, so human, that Emily almost forgot what lurked beneath his handsome facade.

"They weren't strong enough," he said simply. "The transition requires a certain... resilience. I believe you have it."

"And if I don't want to transition?" Emily demanded.

James's expression softened with what looked like genuine regret. "That's not an option, I'm afraid." He reached for her, but Emily backed away. "Emily, please. I chose you because I love you. Because I want you with me for eternity."

"You chose me because I have no family," Emily realized. "No one to ask questions when I disappear."

"That was... convenient," James admitted. "But not the reason. I do love you, Emily."

"If you love me, let me go."

"I can't." His voice hardened. "Even if I wanted to, Father would never allow it. The ritual must be completed at the new moon."

Emily turned to run, but James moved with inhuman speed, blocking her path.

"Don't make this difficult," he warned. "I don't want to hurt you."

"Too late for that," Emily spat.

James sighed. "You'll understand in time." He took her arm again, this time with gentle firmness. "Come. You should rest before dinner."

Emily had no choice but to let him guide her back to their room. Inside, James locked the door and pocketed the key. "I'll return later," he said. "Try to process what you've learned. Accept it."

After he left, Emily immediately tried the door, confirming it was indeed locked. The windows, too, had been secured—not just latched but nailed shut. She was trapped.

She paced the room, mind racing through options. If she couldn't escape, perhaps she could find a weapon. The Blackwoods might be vampires, but folk tales suggested they weren't invulnerable.

Silver, sunlight, stakes through the heart—there had to be some way to hurt them.

Her grandmother's silver locket felt warm against her skin, a reminder of the old woman's superstitions. "Always wear it, child," she'd said. "Silver protects against the darkness."

Emily unclasped the locket, examining it closely for the first time. The intricate engravings weren't just decorative, she realized, but symbols—ancient protective sigils, according to her grandmother. Inside, where she'd expected to find a family photo, was a small compartment containing what looked like dried herbs.

A memory surfaced—her grandmother placing similar herbs around doorways and windows, claiming they repelled evil. Emily had dismissed it as old-world superstition, but now...

She tucked the locket away as the door unlocked. Instead of James, Mrs. Reynolds entered with a dinner tray.

"Mr. James asked me to bring you something to eat, ma'am," the elderly housekeeper said, her eyes downcast as always.

"Thank you," Emily replied, watching the woman carefully. "Mrs. Reynolds, how long have the Blackwoods been... different?"

The housekeeper's hands trembled slightly as she arranged the silverware. "I don't know what you mean, ma'am."

"I think you do," Emily pressed. "You've worked here for decades. You must know what they are."

Mrs. Reynolds remained silent, but her eyes darted nervously to the door.

"Please," Emily said softly. "I need help."

"No one can help you now," Mrs. Reynolds whispered, her voice barely audible. "Once they've chosen, the path is set."

"There must be a way out," Emily insisted. "A weakness."

The housekeeper hesitated, then leaned closer. "The basement. South corner. Behind the wine racks. But I've said nothing." She straightened, resuming her professional demeanor. "Will there be anything else, ma'am?"

"No, thank you," Emily replied, understanding the woman's caution.

After Mrs. Reynolds departed, Emily picked at her food, mind fixed on the housekeeper's cryptic hint. The basement. Something was hidden there—something the family wouldn't want her to find.

She had to get out of this room.

Hours passed. Night fell. Emily feigned sleep when James returned, controlling her breathing as he watched her from beside the bed. Eventually, he moved to a chair by the window, his silhouette motionless against the moonlight.

Emily waited, counting seconds, then minutes. Just when she thought he might stay all night, James rose silently. He approached the bed, bent to brush his lips against her forehead, then slipped from the room.

The moment the lock clicked, Emily was up. She had maybe an hour before he returned, judging by his pattern the previous night.

The locked door presented an immediate problem. Emily examined it closely, noting the antique mechanism. Her grandmother had taught her a few tricks—the rebellious old woman had been locked in her share of rooms in her youth, she'd claimed with a wink.

Using a hairpin from the vanity, Emily worked at the lock, remembering her grandmother's lessons. After several tense minutes, she was rewarded with a soft click.

The hallway was deserted, the house silent. Emily moved on silent feet, retracing the path she'd learned during Lucy's tour. Avoiding the main staircase, which was too exposed, she found a narrow servant's stairwell tucked behind a pantry.

The lower level was pitch black, but Emily had come prepared with a small flashlight from her purse. Its beam cut through the darkness, revealing stone walls slick with moisture and a floor worn smooth by centuries of footsteps.

Following the housekeeper's directions, Emily made her way to the south corner of the basement. Massive wine racks filled the space, bottles covered in thick dust—props, she realized, for a family that drank only blood.

Behind the largest rack, just as Mrs. Reynolds had indicated, Emily found a section of wall that seemed different from the rest—the stones newer, the mortar less aged. Pressing against them revealed a slight give.

Emily pushed harder, and with a grinding sound, a section of the wall swung inward, revealing a hidden chamber beyond.

The smell hit her first—metallic and sickly sweet, like spoiled meat. Her flashlight beam revealed a small room with stone walls. A narrow cot stood against one wall, its sheets stained dark. Chains hung from iron rings embedded in the stone.

But it was what lay on a small table that drew Emily's gaze—a leather-bound journal, its cover worn by frequent handling.

With trembling fingers, Emily opened it to the first page, where elegant handwriting spelled out a name: Catherine Miller. The date beneath was from three years ago.

September 15, 2022

James proposed today! I can't believe it—after only six months together. He says his family is traditional and wants to meet me before the wedding. We leave for their estate tomorrow. I'm nervous but excited. James comes from old money, and I'm just a small-town girl with student loans. Will they think I'm good enough for him?

Emily flipped forward, scanning entries that documented Catherine's initial impressions of Blackwood Manor—the same unease Emily had felt, the same odd behaviors from the family.

October 3, 2022

Something is wrong here. The family never eats. They watch me constantly. Last night I woke to find Celeste standing over my bed, just staring. When I screamed, she smiled and said she was "checking on me." James says his sister is just protective, but it felt predatory.

October 7, 2022

I tried to leave today. Told James I needed to check on my apartment. He refused to let me go. When I insisted, Victor appeared and said something to James in a language I didn't recognize. James's eyes changed somehow. He grabbed my arm so hard it bruised, then apologized profusely afterward, saying the family needs me here for some ceremony at the new moon. What have I gotten myself into?

As Emily read on, Catherine's entries became increasingly frantic, documenting strange noises, locked doors, servants who wouldn't meet her eyes. The handwriting grew shakier, the ink sometimes smeared with what looked like teardrops.

October 12, 2022

I know what they are now. I saw Nicholas feeding on Lucy in the garden. Actual FEEDING—his mouth on her throat, blood on his chin when he pulled away. Lucy looked drugged, barely conscious. When I confronted James, he admitted everything. Said his family has been "this way" since the 1600s. Said I would join them soon, that he chose me because my "bloodline is strong." I have to escape.

The final entry sent ice through Emily's veins.

October 14, 2022

They caught me trying to leave. Victor and Nicholas dragged me to this room in the basement. James watched, his eyes full of sorrow but did nothing to stop them. They've chained me here "until the new moon." James visits, tries to convince me this is an honor. Says most don't survive the transition, but he believes in me. Says if I fight it, the pain will be worse.

If anyone finds this journal—RUN. The Blackwoods are monsters. They've done this before, will do it again. I overheard Nicholas and Celeste discussing previous "brides." Most died during the ritual. Their bodies are buried in the family cemetery. Please, if you're reading this, get help. Or at least get away before

The entry ended abruptly, a streak of dark brown—dried blood—trailing from the final word.

Emily closed the journal, fighting nausea. She now understood exactly what fate awaited her. Catherine Miller hadn't survived the "transition." Neither had the others before her.

A sound outside the hidden room made Emily freeze. Voices, approaching.

"—told you to lock her in," Victor was saying, his voice echoing in the stone corridor.

"I did," James protested. "She must have picked it somehow."

"Clever girl," Nicholas observed with what sounded like admiration. "Maybe this one will actually survive."

Emily frantically looked for somewhere to hide, but the small chamber offered no concealment. She clutched Catherine's journal to her chest, backing against the wall as footsteps approached.

James appeared in the doorway first, his expression shifting from anger to resignation when he saw her.

"Emily," he sighed. "What are you doing down here?"

"Finding out the truth," she replied, holding up the journal. "Catherine Miller. Was she the redhead in the painting?"

Victor and Nicholas appeared behind James, both regarding her with cold calculation.

"She was," Victor confirmed, stepping into the room. "Promising, but ultimately disappointing. Her heart gave out during the first phase of the transition."

"You murdered her," Emily accused. "All of them."

"We offered them eternity," Victor corrected. "Few are strong enough to claim it."

Nicholas moved to block the doorway, his smile predatory. "The question is, what shall we do with you now? The ritual isn't for three more days."

"I say we begin early," Victor suggested, eyeing Emily with clinical detachment. "She's already discovered too much."

"No," James interjected, moving to stand between Emily and his father. "We follow tradition. Three more days of preparation."

"She'll try to escape again," Nicholas pointed out.

"Then we'll ensure she can't," Victor decided. He nodded to Nicholas. "Bring her."

Emily backed away, but in the small room, there was nowhere to go. Nicholas moved with blurring speed, seizing her arms with bruising force. The journal fell from her hands as she struggled.

"Don't fight," James whispered, his eyes holding genuine concern. "Please, Emily. It will only make things worse."

"Take her to the preparation chamber," Victor ordered. "The east wing. James, you will remain with her at all times. No more... explorations."

As Nicholas dragged her from the hidden room, Emily caught a final glimpse of Catherine's journal lying open on the floor—a dead woman's warning that had come too late.

Capítulo 5
Un Descubrimiento Macabro

"No es lo que piensas," dijo Emily automáticamente, aunque sabía que la mentira era transparente.

El agarre de James se tensó dolorosamente. "¿Entonces qué es, mi amor? Ilumíname."

"Celeste me dio la llave," admitió Emily, decidiendo que la verdad podría servirle mejor. "Creo que quería que encontrara esa habitación."

Algo destelló en los ojos de James—ira, pero no dirigida a ella. "A Celeste siempre le han gustado sus juegos." Aflojó ligeramente su agarre. "¿Qué te dijo?"

"Lo suficiente para saber que necesito irme," dijo Emily, apartándose. "Esta familia está enferma, James. Lo que sea que estén planeando—"

"No tienes idea de lo que estamos planeando," la interrumpió, su voz inquietantemente tranquila. "No tienes idea de lo que te estamos ofreciendo."

"¿Inmortalidad?" desafió Emily. "¿A qué precio? Esas otras mujeres—tus anteriores 'novias'—¿qué les pasó?"

James suspiró, pasando una mano por su cabello en un gesto tan normal, tan humano, que Emily casi olvidó lo que acechaba bajo su apuesta fachada.

"No eran lo suficientemente fuertes," dijo simplemente. "La transición requiere cierta... resistencia. Creo que tú la tienes."

"¿Y si no quiero cambiar?" exigió Emily.

La expresión de James se suavizó con lo que parecía un arrepentimiento genuino. "Me temo que esa no es una opción." Se acercó a ella, pero Emily retrocedió. "Emily, por favor. Te elegí porque te amo. Porque te quiero conmigo por la eternidad."

"Me elegiste porque no tengo familia," se dio cuenta Emily. "Nadie que haga preguntas cuando desaparezca."

"Eso fue... conveniente," admitió James. "Pero no la razón. De verdad te amo, Emily."

"Si me amas, déjame ir."

"No puedo." Su voz se endureció. "Incluso si quisiera, Padre nunca lo permitiría. El ritual debe completarse en la luna nueva."

Emily se giró para correr, pero James se movió con velocidad inhumana, bloqueando su camino.

"No lo hagas difícil," advirtió. "No quiero hacerte daño."

"Demasiado tarde para eso," espetó Emily.

James suspiró. "Lo entenderás con el tiempo." Tomó su brazo nuevamente, esta vez con suave firmeza. "Ven. Deberías descansar antes de la cena."

Emily no tuvo más remedio que dejarse guiar de vuelta a su habitación. Dentro, James cerró con llave y se guardó la llave en el bolsillo. "Regresaré más tarde," dijo. "Trata de procesar lo que has aprendido. Acéptalo."

Después de que se fue, Emily inmediatamente intentó abrir la puerta, confirmando que efectivamente estaba cerrada. Las ventanas también habían sido aseguradas—no solo con pestillo sino clavadas. Estaba atrapada.

Recorrió la habitación, su mente repasando opciones. Si no podía escapar, quizás podría encontrar un arma. Los Blackwood podrían ser vampiros, pero las leyendas sugerían que no eran invulnerables. Plata, luz solar, estacas en el corazón—tenía que haber alguna forma de herirlos.

El medallón de plata de su abuela se sentía cálido contra su piel, un recordatorio de las supersticiones de la anciana. "Siempre llévalo puesto, niña," le había dicho. "La plata protege contra la oscuridad."

Emily desabrochó el medallón, examinándolo detenidamente por primera vez. Los intrincados grabados no eran solo decorativos, se dio cuenta, sino símbolos—antiguos signos protectores, según su abuela. Dentro, donde esperaba encontrar una foto familiar, había un pequeño compartimento que contenía lo que parecían hierbas secas.

Un recuerdo surgió—su abuela colocando hierbas similares alrededor de puertas y ventanas, afirmando que repelían el mal. Emily lo había descartado como superstición del viejo mundo, pero ahora...

Guardó el medallón cuando la puerta se desbloqueó. En lugar de James, la señora Reynolds entró con una bandeja de cena.

"El señor James me pidió que le trajera algo de comer, señora," dijo la anciana ama de llaves, con los ojos bajos como siempre.

"Gracias," respondió Emily, observando a la mujer cuidadosamente. "Señora Reynolds, ¿cuánto tiempo han sido los Blackwood... diferentes?"

Las manos de la ama de llaves temblaron ligeramente mientras acomodaba los cubiertos. "No sé a qué se refiere, señora."

"Creo que sí lo sabe," insistió Emily. "Ha trabajado aquí durante décadas. Debe saber lo que son."

La señora Reynolds permaneció en silencio, pero sus ojos se dirigieron nerviosamente hacia la puerta.

"Por favor," dijo Emily suavemente. "Necesito ayuda."

"Nadie puede ayudarla ahora," susurró la señora Reynolds, su voz apenas audible. "Una vez que ellos han elegido, el camino está trazado."

"Debe haber una salida," insistió Emily. "Una debilidad."

La ama de llaves dudó, luego se inclinó más cerca. "El sótano. Esquina sur. Detrás de las estanterías de vino. Pero no he dicho nada." Se enderezó, reasumiendo su comportamiento profesional. "¿Necesitará algo más, señora?"

"No, gracias," respondió Emily, comprendiendo la cautela de la mujer.

Después de que la señora Reynolds se marchó, Emily picoteó su comida, con la mente fija en la críptica pista de la ama de llaves. El sótano. Algo estaba escondido allí—algo que la familia no querría que encontrara.

Tenía que salir de esta habitación.

Pasaron las horas. Cayó la noche. Emily fingió dormir cuando James regresó, controlando su respiración mientras él la observaba desde junto a la cama. Finalmente, se movió a una silla junto a la ventana, su silueta inmóvil contra la luz de la luna.

Emily esperó, contando segundos, luego minutos. Justo cuando pensaba que podría quedarse toda la noche, James se levantó en silencio. Se acercó a la cama, se inclinó para rozar sus labios contra su frente, y luego se deslizó fuera de la habitación.

En el momento en que sonó el clic de la cerradura, Emily se levantó. Tenía quizás una hora antes de que regresara, a juzgar por su patrón de la noche anterior.

La puerta cerrada presentaba un problema inmediato. Emily la examinó de cerca, notando el mecanismo antiguo. Su abuela le había enseñado algunos trucos—la rebelde anciana había estado encerrada en muchas habitaciones en su juventud, había afirmado con un guiño.

Usando una horquilla del tocador, Emily trabajó en la cerradura, recordando las lecciones de su abuela. Después de varios minutos tensos, fue recompensada con un suave clic.

El pasillo estaba desierto, la casa en silencio. Emily se movió con pies silenciosos, volviendo sobre el camino que había aprendido durante el recorrido de Lucy. Evitando la escalera principal, que estaba demasiado expuesta, encontró una estrecha escalera de servicio escondida detrás de una despensa.

El nivel inferior estaba completamente oscuro, pero Emily había venido preparada con una pequeña linterna de bolsillo. Su haz cortó la oscuridad, revelando paredes de piedra húmedas y un suelo desgastado por siglos de pisadas.

Siguiendo las indicaciones del ama de llaves, Emily se dirigió a la esquina sur del sótano. Enormes estanterías de vino llenaban el espacio, botellas cubiertas de polvo espeso—utilería, se dio cuenta, para una familia que solo bebía sangre.

Detrás de la estantería más grande, justo como había indicado la señora Reynolds, Emily encontró una sección de pared que parecía diferente del resto—las piedras más nuevas, el mortero menos envejecido. Al presionarlas, cedieron ligeramente.

Emily empujó con más fuerza, y con un sonido chirriante, una sección de la pared se abrió hacia adentro, revelando una cámara oculta más allá.

El olor la golpeó primero—metálico y dulzón, como carne descompuesta. El haz de su linterna reveló una pequeña habitación con paredes de piedra. Una estrecha cama se encontraba contra una pared, sus sábanas manchadas de oscuro. Cadenas colgaban de anillos de hierro incrustados en la piedra.

Pero fue lo que yacía sobre una pequeña mesa lo que atrajo la mirada de Emily—un diario encuadernado en cuero, su cubierta desgastada por el frecuente uso.

Con dedos temblorosos, Emily lo abrió en la primera página, donde una elegante caligrafía deletreaba un nombre: Catherine Miller. La fecha debajo era de hace tres años.

15 de septiembre de 2022 ¡James me propuso matrimonio hoy! No puedo creerlo—después de solo seis meses juntos. Dice que su familia es tradicional y quiere conocerme antes de la boda. Partimos hacia su propiedad mañana. Estoy nerviosa pero emocionada. James proviene de una familia adinerada, y yo solo soy una chica de pueblo cargada de préstamos estudiantiles. ¿Pensarán que soy lo suficientemente buena para él?

Emily avanzó rápidamente, escaneando entradas que documentaban las impresiones iniciales de Catherine sobre la Mansión Blackwood—la misma inquietud que Emily había sentido, los mismos comportamientos extraños de la familia.

3 de octubre de 2022 Algo no está bien aquí. La familia nunca come. Me observan constantemente. Anoche desperté y encontré a Celeste de pie junto a mi cama, solo mirándome. Cuando grité, sonrió y dijo que estaba "comprobando cómo estaba". James dice que su hermana solo es protectora, pero su actitud se sentía depredadora.

7 de octubre de 2022 Intenté irme hoy. Le dije a James que necesitaba revisar mi apartamento. Se negó a dejarme ir. Cuando insistí, Victor apareció y le dijo algo a James en un idioma que no reconocí. Los ojos de James cambiaron de alguna forma. Me

agarró el brazo con tanta fuerza que me dejó un moretón, luego se disculpó profusamente después, diciendo que la familia me necesita aquí para alguna ceremonia en la luna nueva. ¿En qué me he metido?

Mientras Emily seguía leyendo, las entradas de Catherine se volvieron cada vez más frenéticas, documentando ruidos extraños, puertas cerradas, sirvientes que no le sostenían la mirada. La caligrafía se volvió más temblorosa, la tinta a veces manchada con lo que parecían lágrimas.

12 de octubre de 2022 Ahora sé lo que son. Vi a Nicholas alimentándose de Lucy en el jardín. ALIMENTÁNDOSE de verdad—su boca en su garganta, sangre en su barbilla cuando se apartó. Lucy parecía drogada, apenas consciente. Cuando confronté a James, admitió todo. Dijo que su familia ha sido "así" desde los 1600. Dijo que me uniría a ellos pronto, que me eligió porque mi "linaje es fuerte". Tengo que escapar.

La última entrada le heló la sangre a Emily.

14 de octubre de 2022 Me atraparon mientras huía. Victor y Nicholas me arrastraron a esta habitación en el sótano. James observaba, sus ojos llenos de tristeza pero no hizo nada para detenerlos. Me han encadenado aquí "hasta la luna nueva". James me visita, trata de convencerme de que esto es un honor. Dice que la mayoría no sobrevive a la transición, pero él cree en mí. Dice que si lucho contra ello, el dolor será peor. Si alguien encuentra este diario—HUYE. Los Blackwood son monstruos. Han hecho esto antes, lo harán de nuevo. Escuché a Nicholas y Celeste discutiendo sobre "novias" anteriores. La mayoría murió durante el ritual. Sus cuerpos están enterrados en el cementerio familiar. Por favor, si estás leyendo esto, busca ayuda. O al menos huye antes de

La entrada terminaba abruptamente, un rastro de marrón oscuro—sangre seca—partiendo de la palabra final.

Emily cerró el diario, luchando contra la náusea. Ahora entendía exactamente qué destino la esperaba. Catherine Miller no había sobrevivido a la "transición". Tampoco las otras antes que ella.

Un sonido fuera de la habitación oculta hizo que Emily se congelara. Voces, acercándose.

"—te dije que la encerraras," estaba diciendo Victor, su voz haciendo eco en el corredor de piedra.

"Lo hice," protestó James. "Debe haber forzado la cerradura de alguna manera."

"Chica lista," observó Nicholas con lo que sonaba como admiración. "Quizás esta realmente sobreviva."

Emily buscó frenéticamente algún lugar para esconderse, pero la pequeña cámara no permitía ocultarse. Apretó el diario de Catherine contra su pecho, retrocediendo contra la pared mientras los pasos se acercaban.

James apareció primero en la puerta, su expresión cambiando de ira a resignación cuando la vio.

"Emily," suspiró. "¿Qué estás haciendo aquí abajo?"

"Descubriendo la verdad," respondió, levantando el diario. "Catherine Miller. ¿Era ella la pelirroja del cuadro?"

Victor y Nicholas aparecieron detrás de James, ambos mirándola con frialdad calculada.

"Lo era," confirmó Victor, entrando en la habitación. "Prometedora, pero finalmente decepcionante. Su corazón cedió durante la primera fase de la transición."

"La asesinaron," acusó Emily. "A todas ellas."

"Les ofrecimos la eternidad," corrigió Victor. "Pocas son lo suficientemente fuertes para reclamarla."

Nicholas se movió para bloquear la puerta, su sonrisa depredadora. "La pregunta es, ¿qué haremos contigo ahora? El ritual no es hasta dentro de tres días."

"Digo que comencemos temprano," sugirió Victor, mirando a Emily con desapego clínico. "Ya ha descubierto demasiado."

"No," intervino James, moviéndose para interponerse entre Emily y su padre. "Seguimos la tradición. Tres días más de preparación."

"Intentará escapar de nuevo," señaló Nicholas.

"Entonces nos aseguraremos de que no pueda," decidió Victor. Asintió a Nicholas. "Tráela."

Emily retrocedió, pero en la pequeña habitación, no había dónde ir. Nicholas se movió con velocidad borrosa, agarrando sus brazos con fuerza contundente. El diario cayó de sus manos mientras forcejeaba.

"No luches," susurró James, sus ojos mostrando preocupación genuina. "Por favor, Emily. Solo empeorará las cosas."

"Llévala a la cámara de preparación," ordenó Victor. "El ala este. James, permanecerás con ella en todo momento. No más... exploraciones."

Mientras Nicholas la arrastraba fuera de la habitación oculta, Emily captó una última visión del diario de Catherine tirado abierto en el suelo—la advertencia de una mujer muerta que había llegado demasiado tarde.

Chapter 6
The Hunt Begins

Emily woke in unfamiliar surroundings, her head pounding. The room was circular, with high windows that let in the pale light of dawn. Unlike the rest of Blackwood Manor, this chamber was sparsely furnished—just a narrow bed, a small table with a pitcher of water, and a chair where James sat watching her.

"How long was I unconscious?" she asked, her throat dry.

"All night," James replied, pouring water into a glass. "Nicholas was rougher than necessary. I'm sorry."

Emily accepted the water cautiously, sniffing it before taking a small sip. "Drugged?"

"Just water," James assured her. "Father wants you lucid for the coming days."

Emily sat up, wincing at the bruises forming on her arms where Nicholas had gripped her. "Are you going to explain what this 'transition' involves, or should I just wait to find out when you drain me dry?"

James flinched at her bitter tone. "It's not like that. Not exactly."

"Then what is it like, exactly?"

He hesitated, then moved to sit beside her on the bed. Emily tensed but didn't pull away—knowledge was her only hope now.

"The Blackwood bloodline carries an ancient condition," he began. "Some call it a curse, others a gift. It began in 1683, when

Victor—yes, the same Victor, my father—made a pact with... something. An entity that promised eternal life in exchange for regular tribute."

"Blood sacrifice," Emily said flatly.

James nodded. "The transformation saved the family from a plague that was decimating the region, but it came with rules. Every hundred years, fresh blood must be introduced to the line. New life force to sustain the old."

"And your previous 'brides' were these sacrifices?"

"Potential additions to the family," James corrected. "If the transition succeeds, the bride becomes like us—immortal, sustained by blood, bound to the Blackwood legacy. If it fails..."

"They die," Emily finished. "Like Catherine Miller."

James looked away. "Yes."

"And the new moon?"

"Our powers are governed by lunar cycles. The new moon represents rebirth, the perfect time for transformation." He reached for her hand, but Emily pulled away. "Emily, I didn't lie when I said I love you. I chose you because I want you with me forever."

"You chose me because I have no family to miss me," Emily countered. "No one to ask questions when I disappear."

"That was... a consideration," James admitted. "But not the only one. You're strong, Emily. Independent. Resilient. You could survive the transition where others failed."

"And if I refuse?"

James's expression darkened. "No one refuses the Blackwoods. The ritual will proceed regardless of your consent."

Emily's mind raced, analyzing her options. This room, like her previous one, offered no escape—the windows were too high to reach, and the single door was undoubtedly locked and guarded.

"I need time," she said finally. "To process all this."

James studied her face, clearly suspicious of her sudden capitulation. "You'll have today and tomorrow. The ritual begins at midnight on the new moon—that's two days from now."

"And what happens during these two days?"

"Preparation," he said vaguely. "Rest, meditation, purification of the body. Father will explain the details later."

As if summoned by his name, the door opened to reveal Victor, imposing in a black suit despite the early hour.

"Leave us," he commanded James, who hesitated only briefly before obeying.

When they were alone, Victor circled Emily like a predator assessing prey. "You've caused quite a disruption to our plans," he observed. "Most brides remain blissfully ignorant until the final hours."

"Sorry to disappoint," Emily replied, refusing to show fear.

Victor's lips curled in what might have been a smile on a human face. On his, it looked like a threat. "On the contrary. Your spirit suggests you might actually survive what's coming." He stopped directly in front of her. "Few do, you know. The body must die before it can be reborn. The pain is... considerable."

"Is that supposed to frighten me into compliance?"

"Merely setting appropriate expectations," Victor replied. "The transition is easier if you don't fight it."

"Like Catherine didn't fight it?"

Victor's eyes hardened. "Catherine was weak. Her mind broke before her body. Such a waste." He moved to the door. "You will remain here until the ritual. James will attend to your needs. I suggest you use the time to prepare yourself mentally."

"And if I try to escape?"

"You won't," Victor stated with cold certainty. "But should you attempt it, Nicholas and Celeste would be... disappointed. They do so enjoy a hunt."

After Victor departed, Emily paced the circular room, examining every inch for weaknesses. The door was solid oak with iron bands. The windows, set high in the curved walls, were narrow and barred. The only furniture was bolted to the floor.

Hours passed. James returned with food she couldn't eat and apologies she couldn't accept. Night fell, and with it came the sounds of movement in the house below—the Blackwoods awakening to their nocturnal routines.

Emily feigned exhaustion, curling up on the bed with her back to the door. James took up his vigilant position in the chair, his eyes never leaving her.

"You should sleep," he said softly. "The coming days will be taxing."

"How can I sleep knowing what's coming?" she asked, not bothering to face him.

"I'll make it as painless as possible," James promised. "I'll be with you through all of it."

"How comforting," Emily muttered bitterly.

More hours crawled by. James remained motionless, inhumanly patient. Eventually, the sounds from below changed—voices raised in what seemed to be an argument, then the slamming of a heavy door.

James tensed, listening. "Something's wrong," he murmured, more to himself than to Emily.

Footsteps approached rapidly. The door flew open to reveal Nicholas, his normally composed face tight with anger.

"Father wants you," he snapped at James. "Now."

"I can't leave Emily," James protested.

"I'll watch her," Nicholas said, his cold gaze sliding to Emily with an expression that made her skin crawl.

"No," James said firmly. "What's happened?"

"One of the servants has gone missing," Nicholas replied. "Lucy. Father thinks she may have overheard our plans for the ritual."

Emily felt a surge of hope. Lucy had escaped. Perhaps she'd gone for help.

James hesitated, clearly torn between his duty to Emily and the family crisis.

"Go," Nicholas urged. "I won't harm your precious bride. Father's orders."

After another moment's hesitation, James nodded. "I'll return shortly," he told Emily, his eyes conveying a warning to behave.

The moment James disappeared down the hallway, Nicholas closed the door and turned to Emily with a predatory smile.

"Alone at last," he purred, stalking toward her. "I've been wanting to get to know my future sister-in-law better."

Emily backed away, her heart racing. "James will be back any minute."

"Time enough," Nicholas said, moving with inhuman speed to stand directly before her. "I just want a taste." His eyes darkened to solid black, and razor-sharp fangs extended from his upper jaw. "Just a small one."

Emily's hand went instinctively to her throat, her fingers closing around her grandmother's silver locket. Nicholas's gaze followed the movement, his expression hardening at the sight of the silver.

"Take that off," he commanded.

"No."

Nicholas snarled, reaching for her. "I said take it—" His words cut off in a howl of pain as Emily pressed the silver locket against his outstretched hand.

The effect was immediate—his skin sizzled and smoked where the silver touched it. Nicholas jerked back, cradling his burned hand against his chest.

"You bitch," he hissed, eyes blazing with hatred. "You'll pay for that during the transition. I'll make sure of it."

"If I'm still alive to transition," Emily retorted, emboldened by her small victory.

Nicholas bared his fangs again. "Oh, you'll be alive. Father has invested too much in this ritual for it to fail. But no one said you had to be comfortable." He lunged again, this time aiming for her legs to avoid the protective silver.

Emily dodged, but Nicholas was too fast. He seized her ankle, yanking her off balance. She fell hard, the silver locket still clutched in her hand. Nicholas loomed over her, triumph in his inhuman eyes.

"Just a taste," he repeated, pinning her with one hand while the other tore at her collar to expose her throat.

In desperation, Emily slashed at his face with the locket. It caught him across the cheek, leaving a smoking gash that made him rear back with a howl. In that moment of distraction, Emily scrambled away, searching frantically for a weapon.

The pitcher on the small table was her only option. She seized it and hurled it at Nicholas's head. It shattered against his temple, water splashing across his burning wound and making him scream in agony.

"Holy water," he gasped, clutching his face. "Where did you—"

Emily didn't wait for him to recover. She bolted for the door, wrenching it open and running blindly down the corridor beyond. Behind her, Nicholas's enraged howls echoed off the stone walls.

She had no plan beyond escape—no idea where she was in the massive house or how to get out. All she knew was that she couldn't wait for the ritual, couldn't allow these monsters to transform her into one of them.

The corridor led to a spiral staircase. Emily descended it rapidly, her bare feet silent on the cold stone steps. At the bottom, she found herself in an unfamiliar part of the mansion—a series of hallways lined with doors that looked like they hadn't been opened in decades.

Distant shouts told her Nicholas had already raised the alarm. Soon the entire family would be hunting her. Emily pressed her back against a wall, trying to orient herself. She was somewhere in the east wing, she guessed, possibly on the second floor.

A window at the end of the hallway offered a glimpse outside—moonlight illuminating the gardens below. Too high to jump, but perhaps there were drainpipes or trellises she could use to climb down.

As she moved toward the window, a door to her left opened. Emily froze, expecting capture, but instead found herself face to face with a wide-eyed Lucy.

"Mrs. Blackwood," the maid gasped. "You got out!"

"Lucy! I thought you'd escaped."

The girl shook her head. "I tried, but they caught me at the gate. Nicholas..." She shuddered, pulling her collar aside to reveal fresh puncture wounds. "He said it was punishment for helping you find the basement."

"I'm so sorry," Emily said, guilt washing over her.

"No time," Lucy whispered urgently. "They're coming. This way." She grabbed Emily's hand, pulling her into the room she'd emerged from. Inside was a servant's quarters, sparse but clean. Lucy moved to a wardrobe, pushing aside clothing to reveal a small door built into the back panel. "The servants' passages. They run throughout the house."

"Do they lead outside?"

"To the kitchen gardens," Lucy confirmed. "But they'll be watching all the exits by now."

Shouting voices grew closer—Nicholas, and now James as well, calling Emily's name with increasing urgency.

"Go," Lucy urged, pushing Emily toward the hidden door. "I'll delay them."

"Come with me," Emily insisted, grabbing the maid's hand.

Lucy shook her head, tears in her eyes. "I can't. Nicholas's bite... it does something to your mind. Makes you obey." She touched her wounded neck. "I can fight it long enough to help you, but I can't leave the estate. Not anymore."

"Lucy—"

"Go!" the maid hissed, shoving Emily through the small door and closing it behind her.

Emily found herself in a narrow passageway, barely wide enough for one person. Cobwebs brushed her face as she moved forward, guided only by the faint moonlight filtering through cracks in the ancient walls.

Behind her, she heard the bedroom door burst open, followed by Nicholas's angry voice demanding to know where she'd gone. Lucy's reply was too muffled to make out, but it was followed by a sharp cry of pain.

Emily forced herself to keep moving. Lucy had sacrificed herself for this chance—she couldn't waste it.

The passage twisted and turned, occasionally branching. Emily chose directions based on instinct, trying to maintain a downward trajectory toward what she hoped was the ground floor. After what felt like an eternity, she emerged into a small alcove off what appeared to be the kitchen.

The room was deserted, the massive hearth cold. Through windows above the stone sinks, Emily could see the kitchen gardens Lucy had mentioned—and beyond them, the forest. Freedom.

She moved cautiously to the back door, listening for sounds of pursuit. The house had gone ominously quiet, which worried her more than the shouting had. The Blackwoods were hunting now, hunting in earnest.

The door was locked, but the key hung on a hook nearby—a small mercy. Emily turned it with trembling fingers, wincing at the loud click of the mechanism. The night air hit her face as she eased the door open, cool and fresh after the musty confines of the servant's passage.

Outside, the grounds were bathed in moonlight. The kitchen garden offered some cover with its rows of herbs and vegetables, but beyond that stretched an open expanse of lawn before the sanctuary of the forest.

Emily took a deep breath and ran, keeping low among the plants. She'd made it halfway across the garden when a figure stepped from the shadows ahead—Celeste, her pale face gleaming in the moonlight.

"Going somewhere, sister?" she asked, her voice carrying clearly in the night air.

Emily skidded to a halt, looking frantically for another escape route. To her right was a tool shed; to her left, more open ground.

"The hunt has barely begun," Celeste called, moving forward with predatory grace. "Nicholas is quite upset about his face. He wants to return the favor."

Emily backed toward the shed, hoping to find a weapon inside. Celeste watched with amused eyes, clearly enjoying her prey's desperation.

"You can't escape, you know," she said conversationally. "The grounds are warded. No one leaves without Father's permission."

"Lucy did," Emily countered, reaching behind her for the shed door.

Celeste's smile widened. "Did she? Or did Father allow it, knowing you'd follow? The ritual works better when the sacrifice is... willing."

The implication that her entire escape might be part of their plan sent ice through Emily's veins. But she refused to believe it, refused to give up.

Her hand closed around the shed door handle just as Celeste lunged. Emily threw herself sideways, rolling across the ground as the vampire crashed into the shed with enough force to splinter the wood.

Inside, tools scattered across the dirt—rakes, hoes, shears. Emily seized a garden fork, its metal tines gleaming in the moonlight. Not silver, but better than nothing.

Celeste extracted herself from the broken shed, brushing splinters from her dress with an annoyed expression. "Now you've ruined my favorite—" She stopped mid-sentence, eyes widening at the sight of the garden fork. "You wouldn't dare."

Emily raised the makeshift weapon. "Try me."

For a moment, they stood at an impasse, predator and prey each assessing the other. Then Celeste smiled, the expression chilling in its sincerity.

"I was right about you," she said. "You are stronger than the others. You might actually survive the transition."

"I'm not transitioning," Emily stated firmly. "I'm leaving."

"No one leaves Blackwood Manor," a deep voice intoned from behind her. "Not alive."

Emily whirled to find Victor standing mere feet away, his tall figure silhouetted against the moonlit lawn. Behind him stood Nicholas, his burned face contorted with rage, and James, his expression torn between anger and concern.

"The ritual will proceed as planned," Victor continued, his voice carrying the weight of centuries of authority. "Though your disobedience will not go unpunished."

Emily backed away, the garden fork held before her like a shield. "Stay back," she warned.

Nicholas laughed, the sound harsh in the quiet night. "Or what? You'll garden us to death?"

"That fork won't stop us," Victor said, moving forward with slow deliberation. "Nothing can."

Emily continued backing away, knowing her situation was desperate but refusing to surrender. Her heel caught on something—a fallen rake—and she stumbled, nearly losing her balance.

In that moment of vulnerability, Nicholas struck. He moved with blinding speed, knocking the garden fork from her hands and seizing her by the throat. His burned face loomed close, fangs bared in triumph.

"I'm going to enjoy this," he hissed, his grip tightening.

"Nicholas, enough!" James shouted, moving forward. "Father ordered her unharmed!"

"She burned me," Nicholas snarled, not loosening his hold. "Silver and holy water. The little witch knew exactly what she was doing."

Emily clawed at his hand, her vision beginning to darken as his supernatural strength cut off her air. Her fingers brushed against her locket, still hanging around her neck.

With the last of her strength, she pressed the silver against Nicholas's wrist. He howled in pain, releasing her instantly. Emily fell to her knees, gasping for breath.

"Enough!" Victor commanded, his voice slicing through the night with unnatural power. "The bride must be intact for the ritual."

Nicholas backed away, cradling his twice-burned flesh. His eyes promised vengeance later.

James knelt beside Emily, his face a mask of concern. "Are you alright?" he asked softly.

Emily recoiled from his touch. "Don't," she gasped. "Just don't."

A flicker of hurt crossed his features before his expression hardened. "This changes nothing," he said, rising to his feet. "The ritual will proceed tomorrow night."

"Take her back to the preparation chamber," Victor ordered. "And this time, ensure she remains there." He turned his cold gaze on Emily. "Your spirit is admirable, but futile. Accept your fate, and the transition will be easier."

As James helped her to her feet, his touch gentle despite everything, Emily's mind raced. She'd failed to escape, but she'd learned valuable information. Silver hurt them. Holy water burned them. Folk tales had gotten something right.

If she couldn't flee, perhaps she could fight. And to fight monsters, she needed weapons.

Capítulo 6
La Cacería Comienza

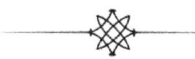

Emily despertó en un entorno desconocido, con la cabeza palpitando. La habitación era circular, con ventanas altas que dejaban entrar la pálida luz del amanecer. A diferencia del resto de la Mansión Blackwood, esta cámara estaba escasamente amueblada—solo una cama estrecha, una pequeña mesa con una jarra de agua, y una silla donde James estaba sentado observándola.

"¿Cuánto tiempo estuve inconsciente?" preguntó, con la garganta seca.

"Toda la noche," respondió James, sirviendo agua en un vaso. "Nicholas fue más brusco de lo necesario. Lo siento."

Emily aceptó el agua con cautela, oliéndola antes de dar un pequeño sorbo. "¿Está drogada?"

"Solo agua," le aseguró James. "Padre quiere que estés lúcida para los próximos días."

Emily se incorporó, haciendo una mueca por los moretones que se formaban en sus brazos donde Nicholas la había agarrado. "¿Vas a explicarme en qué consiste esta 'transición', o debería esperar a descubrirlo cuando me desangres?"

James se estremeció ante su tono amargo. "No es así. No exactamente."

"¿Entonces cómo es, exactamente?"

Él vaciló, luego se movió para sentarse junto a ella en la cama. Emily se tensó pero no se apartó—el conocimiento era su única esperanza ahora.

"El linaje Blackwood está marcado por una condición ancestral," comenzó. "Algunos la llaman maldición, otros un don. Comenzó en 1683, cuando Victor—sí, el mismo Victor, mi padre—hizo un pacto con... algo. Una entidad que prometió vida eterna a cambio de un tributo constante."

"Sacrificio de sangre," dijo Emily secamente.

James asintió. "La transformación salvó a la familia de una plaga que estaba diezmando la región, pero vino con reglas. Cada cien años, sangre fresca debe ser introducida en el linaje. Nueva fuerza vital para sostener la antigua."

"¿Y tus 'novias' anteriores fueron estos sacrificios?"

"Potenciales adiciones a la familia," corrigió James. "Si la transición tiene éxito, la novia se vuelve como nosotros—inmortal, sostenida por sangre, ligada al legado Blackwood. Si falla..."

"Mueren," completó Emily. "Como Catherine Miller."

James desvió la mirada. "Sí."

"¿Y la luna nueva?"

"Nuestros poderes se rigen por ciclos lunares. La luna nueva representa el renacimiento, el momento perfecto para la transformación." Extendió la mano hacia la suya, pero Emily la retiró. "Emily, no mentí cuando dije que te amo. Te elegí porque te quiero conmigo para siempre."

"Me elegiste porque no tengo familia que me extrañe," replicó Emily. "Nadie que haga preguntas cuando desaparezca."

"Eso fue... una consideración," admitió James. "Pero no la única. Eres fuerte, Emily. Independiente. Resiliente. Podrías sobrevivir a la transición donde otras fracasaron."

"¿Y si me niego?"

La expresión de James se oscureció. "Nadie se niega a los Blackwood. El ritual procederá independientemente de tu consentimiento."

La mente de Emily trabajaba a toda velocidad, analizando sus opciones. Esta habitación, como la anterior, no ofrecía escapatoria—las ventanas estaban demasiado altas para alcanzarlas, y la única puerta estaba sin duda cerrada con llave y vigilada.

"Necesito tiempo," dijo finalmente. "Para procesar todo esto."

James estudió su rostro, claramente sospechando de su repentina capitulación. "Tendrás hoy y mañana. El ritual comienza a medianoche en la luna nueva—eso es dentro de dos días."

"¿Y qué sucede durante estos dos días?"

"Preparación," dijo vagamente. "Descanso, meditación, purificación del cuerpo. Padre explicará los detalles más tarde."

Como si fuera invocado por su nombre, la puerta se abrió para revelar a Victor, imponente en un traje negro a pesar de la hora temprana.

"Déjanos," le ordenó a James, quien vaciló solo brevemente antes de obedecer.

Cuando estuvieron solos, Victor rodeó a Emily como un depredador evaluando a su presa. "Has causado bastante alteración en nuestros planes," observó. "La mayoría de las novias permanecen felizmente ignorantes hasta las últimas horas."

"Lamento decepcionarte," respondió Emily, negándose a mostrar miedo.

Los labios de Victor se curvaron en lo que podría haber sido una sonrisa en un rostro humano. En el suyo, parecía una amenaza. "Por el contrario. Tu espíritu sugiere que podrías realmente sobrevivir a lo que se avecina." Se detuvo directamente frente a ella. "Pocas lo logran, sabes. El cuerpo debe morir antes de renacer. El dolor es... considerable."

"¿Se supone que eso debe asustarme para que me someta?"

"Simplemente estableciendo expectativas apropiadas," respondió Victor. "La transición es más fácil si no la combates."

"¿Como Catherine no la combatió?"

Los ojos de Victor se endurecieron. "Catherine era débil. Su mente se quebró antes que su cuerpo. Qué desperdicio." Se dirigió a la puerta. "Permanecerás aquí hasta el ritual. James atenderá tus necesidades. Te sugiero que uses el tiempo para prepararte mentalmente."

"¿Y si intento escapar?"

"No lo harás," afirmó Victor con fría certeza. "Pero si lo intentaras, Nicholas y Celeste se sentirían... decepcionados. Disfrutan tanto de una cacería."

Después de que Victor se marchara, Emily recorrió la habitación circular, examinando cada centímetro en busca de debilidades. La puerta era de roble macizo con bandas de hierro. Las ventanas, ubicadas en lo alto de las paredes curvas, eran estrechas y tenían barrotes. El único mobiliario estaba atornillado al suelo.

Pasaron las horas. James regresó con comida que ella no podía comer y disculpas que no podía aceptar. Cayó la noche, y con ella llegaron los sonidos de movimiento en la casa debajo—los Blackwood despertando a sus rutinas nocturnas.

Emily fingió agotamiento, acurrucándose en la cama con la espalda hacia la puerta. James tomó su posición vigilante en la silla, sin apartar los ojos de ella.

"Deberías dormir," dijo suavemente. "Los próximos días serán agotadores."

"¿Cómo puedo dormir sabiendo lo que se avecina?" preguntó, sin molestarse en mirarlo.

"Lo haré lo menos doloroso posible," prometió James. "Estaré contigo durante todo el proceso."

"Qué reconfortante," murmuró Emily amargamente.

Más horas se arrastraron. James permaneció inmóvil, inhumanamente paciente. Eventualmente, los sonidos de abajo cambiaron—voces elevadas en lo que parecía ser una discusión, luego el portazo de una puerta pesada.

James se tensó, escuchando. "Algo va mal," murmuró, más para sí mismo que para Emily.

Pasos se acercaron rápidamente. La puerta se abrió de golpe para revelar a Nicholas, su rostro normalmente compuesto tenso de ira.

"Padre te quiere," le espetó a James. "Ahora."

"No puedo dejar a Emily," protestó James.

"Yo la vigilaré," dijo Nicholas, su fría mirada deslizándose hacia Emily con una expresión que le erizó la piel.

"No," dijo James con firmeza. "¿Qué ha sucedido?"

"Uno de los sirvientes ha desaparecido," respondió Nicholas. "Lucy. Padre cree que pudo haber escuchado nuestros planes para el ritual."

Emily sintió una oleada de esperanza. Lucy había escapado. Quizás había ido en busca de ayuda.

James vaciló, claramente dividido entre su deber hacia Emily y la crisis familiar.

"Ve," insistió Nicholas. "No dañaré a tu preciosa novia. Órdenes de Padre."

Después de otro momento de vacilación, James asintió. "Regresaré en breve," le dijo a Emily, sus ojos transmitiendo una advertencia de que se comportara.

En el momento en que James desapareció por el pasillo, Nicholas cerró la puerta y se volvió hacia Emily con una sonrisa depredadora.

"Por fin solos," ronroneó, acechándola. "He estado deseando conocer mejor a mi futura cuñada."

Emily retrocedió, su corazón acelerado. "James volverá en cualquier momento."

"Tiempo suficiente," dijo Nicholas, moviéndose con velocidad inhumana para pararse directamente frente a ella. "Solo quiero un mordisco." Sus ojos se oscurecieron hasta volverse completamente negros, y colmillos afilados como navajas se extendieron desde su mandíbula superior. "Solo uno pequeñito."

La mano de Emily fue instintivamente a su garganta, sus dedos cerrándose alrededor del medallón de plata de su abuela. La mirada de Nicholas siguió el movimiento, su expresión endureciéndose ante la vista de la plata.

"Quítate eso," ordenó.

"No."

Nicholas gruñó, alcanzándola. "He dicho que te lo quites—" Sus palabras se cortaron en un aullido de dolor cuando Emily presionó el medallón de plata contra su mano extendida.

El efecto fue inmediato—su piel chisporroteó y humeó donde la plata la tocó. Nicholas se echó hacia atrás, acunando su mano quemada contra su pecho.

"Maldita," siseó, sus ojos ardiendo de odio. "Pagarás por eso durante la transición. Me aseguraré de ello."

"Si es que sigo viva para la transición," replicó Emily, envalentonada por su pequeña victoria.

Nicholas mostró sus colmillos de nuevo. "Oh, estarás viva. Padre ha invertido demasiado en este ritual para que fracase. Pero nadie dijo que tenías que estar cómoda." Se abalanzó de nuevo, esta vez apuntando a sus piernas para evitar la plata protectora.

Emily lo esquivó, pero Nicholas era demasiado rápido. Le agarró el tobillo, tirando de ella y haciéndole perder el equilibrio. Cayó fuertemente, el medallón de plata aún aferrado en su mano. Nicholas se cernió sobre ella, con triunfo en sus ojos inhumanos.

"Solo un mordisquito," repitió, inmovilizándola con una mano mientras la otra rasgaba su cuello para exponer su garganta.

En desesperación, Emily le dio un tajo en la cara con el medallón. Lo alcanzó en la mejilla, dejando un corte humeante que le hizo echarse hacia atrás con un aullido. En ese momento de distracción, Emily se arrastró lejos, buscando frenéticamente un arma.

La jarra en la pequeña mesa era su única opción. La agarró y la arrojó a la cabeza de Nicholas. Se hizo añicos contra su sien, el agua salpicando su herida ardiente y haciéndole gritar de agonía.

"Agua bendita," jadeó, agarrándose la cara. "¿De dónde sacaste—?"

Emily no esperó a que se recuperara. Corrió hacia la puerta, abriéndola de un tirón y corriendo ciegamente por el corredor más allá. Detrás de ella, los aullidos furiosos de Nicholas resonaban en las paredes de piedra.

No tenía otro plan más allá de escapar—ninguna idea de dónde estaba en la enorme casa o cómo salir. Todo lo que sabía era que no podía esperar al ritual, no podía permitir que estos monstruos la transformaran en uno de ellos.

El corredor conducía a una escalera de caracol. Emily descendió rápidamente, sus pies descalzos silenciosos en los fríos escalones de piedra. Al fondo, se encontró en una parte desconocida de la mansión—una serie de pasillos flanqueados por puertas que parecían no haberse abierto en décadas.

Gritos distantes le indicaron que Nicholas ya había dado la alarma. Pronto toda la familia estaría cazándola. Emily presionó su espalda contra una pared, tratando de orientarse. Estaba en algún lugar del ala este, supuso, posiblemente en el segundo piso.

Una ventana al final del pasillo ofrecía una visión del exterior—la luz de la luna iluminando los jardines abajo. Demasiado alto para saltar, pero quizás había tuberías de desagüe o enrejados que podría usar para descender.

Mientras se movía hacia la ventana, una puerta a su izquierda se abrió. Emily se congeló, esperando ser capturada, pero en su lugar se encontró cara a cara con Lucy, de ojos muy abiertos.

"Señora Blackwood," jadeó la doncella. "¡Ha logrado salir!"

"¡Lucy! Pensé que habías escapado."

La chica negó con la cabeza. "Lo intenté, pero me atraparon en la puerta. Nicholas..." Se estremeció, apartando su cuello para revelar heridas de punción frescas. "Dijo que era un castigo por ayudarte a encontrar el sótano."

"Lo siento mucho," dijo Emily, sintiéndose invadida por la culpa.

"No hay tiempo," susurró Lucy con urgencia. "Vienen. Por aquí." Agarró la mano de Emily, llevándola a la habitación de la que había salido. Dentro había aposentos de servicio, austeros pero limpios. Lucy se dirigió a un armario, apartando ropa para revelar una pequeña puerta construida en el panel trasero. "Los pasajes de los sirvientes. Recorren toda la casa."

"¿Conducen al exterior?"

"A los jardines de la cocina," confirmó Lucy. "Pero estarán vigilando todas las salidas a estas alturas."

Las voces que gritaban se acercaban más—Nicholas, y ahora James también, llamando el nombre de Emily con creciente urgencia.

"Ve," instó Lucy, empujando a Emily hacia la puerta oculta. "Los retrasaré."

"Ven conmigo," insistió Emily, agarrando la mano de la doncella.

Lucy negó con la cabeza, lágrimas en sus ojos. "No puedo. La mordedura de Nicholas... hace algo en tu mente. Te hace obedecer." Tocó su cuello herido. "Puedo luchar contra ello lo suficiente para ayudarte, pero no puedo abandonar la propiedad. Ya no."

"Lucy—"

"¡Ve!" siseó la doncella, empujando a Emily a través de la pequeña puerta y cerrándola tras ella.

Emily se encontró en un pasaje estrecho, apenas lo suficientemente ancho para una persona. Telarañas rozaron su rostro mientras avanzaba, guiada solo por la débil luz de la luna que se filtraba a través de grietas en las antiguas paredes.

Detrás de ella, escuchó la puerta del dormitorio abrirse violentamente, seguida por la voz enojada de Nicholas exigiendo saber adónde había ido. La respuesta de Lucy estaba demasiado amortiguada para entenderla, pero fue seguida por un agudo grito de dolor.

Emily se obligó a seguir moviéndose. Lucy se había sacrificado por esta oportunidad—no podía desperdiciarla.

El pasaje serpenteaba y giraba, ocasionalmente ramificándose. Emily eligió direcciones basándose en el instinto, tratando de mantener una trayectoria descendente hacia lo que esperaba fuera la planta baja. Después de lo que pareció una eternidad, emergió en un pequeño nicho junto a lo que parecía ser la cocina.

La habitación estaba desierta, el enorme hogar frío. A través de ventanas sobre los fregaderos de piedra, Emily podía ver los jardines de la cocina que Lucy había mencionado—y más allá de ellos, el bosque. La libertad.

Se movió con cautela hacia la puerta trasera, escuchando sonidos de persecución. La casa se había quedado ominosamente silenciosa, lo que la preocupaba más que los gritos. Los Blackwood estaban cazando ahora, cazando con determinación.

La puerta estaba cerrada con llave, pero la llave colgaba de un gancho cercano—una pequeña misericordia. Emily la giró con dedos temblorosos, haciendo una mueca ante el fuerte clic del mecanismo. El aire nocturno golpeó su rostro mientras abría la puerta con cuidado, fresco y puro después del encierro mohoso del pasaje de servicio.

Afuera, los terrenos estaban bañados por la luz de la luna. El jardín de la cocina ofrecía algo de cobertura con sus hileras de hierbas y verduras, pero más allá una vasta extensión de césped conducía al santuario del bosque.

Emily respiró profundamente y corrió, manteniéndose baja entre las plantas. Había llegado a la mitad del jardín cuando una figura emergió de las sombras adelante—Celeste, su pálido rostro brillando a la luz de la luna.

"¿Vas a alguna parte, hermana?" preguntó, su voz resonando claramente en el aire nocturno.

Emily frenó en seco, buscando frenéticamente otra ruta de escape. A su derecha había un cobertizo de herramientas; a su izquierda, más terreno abierto.

"La cacería apenas ha comenzado," llamó Celeste, avanzando con gracia depredadora. "Nicholas está bastante molesto por su cara. Quiere devolverte el favor."

Emily retrocedió hacia el cobertizo, esperando encontrar un arma dentro. Celeste observaba con ojos divertidos, claramente disfrutando de la desesperación de su presa.

"No puedes escapar, ¿sabes?" dijo conversacionalmente. "Los terrenos están protegidos. Nadie sale sin el permiso de Padre."

"Lucy lo hizo," replicó Emily, alcanzando la puerta del cobertizo.

La sonrisa de Celeste se ensanchó. "¿Lo hizo? ¿O Padre lo permitió, sabiendo que la seguirías? El ritual funciona mejor cuando el sacrificio es... voluntario."

La implicación de que toda su fuga podría ser parte de su plan heló las venas de Emily. Pero se negó a creerlo, se negó a rendirse.

Su mano se cerró alrededor del picaporte del cobertizo justo cuando Celeste se abalanzó. Emily se lanzó hacia un lado, rodando por el suelo mientras la vampiresa se estrellaba contra el cobertizo con suficiente fuerza para astillar la madera.

Dentro, las herramientas se dispersaron por la tierra—rastrillos, azadas, tijeras. Emily agarró una horquilla de jardín, sus dientes metálicos brillando a la luz de la luna. No era plata, pero mejor que nada.

Celeste se extrajo del cobertizo roto, sacudiéndose astillas de su vestido con expresión molesta. "Ahora has arruinado mi favorito—" Se detuvo a mitad de frase, sus ojos ensanchándose ante la vista del tenedor de jardín. "No te atreverías."

Emily levantó el arma improvisada. "Pruébame."

Por un momento, quedaron en un punto muerto, depredador y presa evaluándose mutuamente. Entonces Celeste sonrió, la expresión escalofriante en su sinceridad.

"Tenía razón sobre ti," dijo. "Eres más fuerte que las otras. Podrías realmente sobrevivir a la transición."

"No voy a hacer la transición," afirmó Emily con firmeza. "Me voy."

"Nadie abandona la Mansión Blackwood," entonó una voz profunda desde detrás de ella. "No con vida."

Emily giró para encontrar a Victor parado a pocos metros, su alta figura silueteada contra el césped iluminado por la luna. Detrás de él estaba Nicholas, su rostro quemado contorsionado de rabia, y James, su expresión dividida entre ira y preocupación.

"El ritual procederá según lo planeado," continuó Victor, su voz llevando el peso de siglos de autoridad. "Aunque tu desobediencia no quedará sin castigo."

Emily retrocedió, el rastrillo sostenido ante ella como un escudo. "Alejaos," advirtió.

Nicholas se rió, el sonido áspero en la noche tranquila. "¿O qué? ¿Nos ajardinará hasta la muerte?"

"Ese rastrillo no nos detendrá," dijo Victor, avanzando con lenta deliberación. "Nada puede."

Emily continuó retrocediendo, sabiendo que su situación era desesperada pero negándose a rendirse. Su talón tropezó con algo—un rastrillo caído—y trastabilló, casi perdiendo el equilibrio.

En ese momento de vulnerabilidad, Nicholas atacó. Se movió con velocidad cegadora, derribando el rastrillo de sus manos y agarrándola por la garganta. Su rostro quemado se acercó, colmillos al descubierto en triunfo.

"Voy a disfrutar esto," siseó, su agarre apretándose.

"¡Nicholas, basta!" gritó James, avanzando. "¡Padre ordenó que no fuera lastimada!"

"Ella me quemó," gruñó Nicholas, sin aflojar su agarre. "Plata y agua bendita. La pequeña bruja sabía exactamente lo que estaba haciendo."

Emily arañó su mano, su visión comenzando a oscurecerse mientras su fuerza sobrenatural cortaba su aire. Sus dedos rozaron su medallón, aún colgando alrededor de su cuello.

Con lo último de sus fuerzas, presionó la plata contra la muñeca de Nicholas. Él aulló de dolor, soltándola instantáneamente. Emily cayó de rodillas, jadeando.

"¡Suficiente!" ordenó Victor, su voz cortando la noche con poder sobrenatural. "La novia debe estar intacta para el ritual."

Nicholas retrocedió, protegiendo su piel, ahora marcada por dos quemaduras. Sus ojos prometían venganza más tarde.

James se arrodilló junto a Emily, su rostro una máscara de preocupación. "¿Estás bien?" preguntó suavemente.

Emily se apartó de su toque. "No," jadeó. "Simplemente no."

Un destello de dolor cruzó sus rasgos antes de que su expresión se endureciera. "Esto no cambia nada," dijo, poniéndose de pie. "El ritual procederá mañana por la noche."

"Llévala de vuelta a la cámara de preparación," ordenó Victor. "Y esta vez, asegúrate de que permanezca allí." Volvió su fría mirada hacia Emily. "Tu espíritu es admirable, pero fútil. Acepta tu destino, y la transición será más fácil."

Mientras James la ayudaba a ponerse de pie, su toque gentil a pesar de todo, la mente de Emily trabajaba a toda velocidad. Había fallado en escapar, pero había aprendido información valiosa. La plata les hacía daño. El agua bendita los quemaba. Los cuentos populares habían acertado en algo.

Si no podía huir, quizás podría luchar. Y para luchar contra monstruos, necesitaba armas.

Chapter 7
The First Kill

Dawn broke over Blackwood Manor, pale light filtering through the high windows of Emily's prison. She sat on the narrow bed, exhausted but unable to sleep, turning her grandmother's silver locket over in her hands.

After her failed escape attempt, security had been doubled. The circular room's door was now guarded by two servants—men Emily hadn't seen before, with the same vacant eyes as Lucy after Nicholas's bite. The windows had been boarded over, leaving only thin strips of daylight to mark the passage of time.

James had not returned after escorting her back to the chamber. Instead, Mrs. Reynolds had arrived with bandages for the bruises on her throat and a tray of food Emily couldn't bring herself to touch.

"The ritual is tonight," the elderly housekeeper had whispered, eyes darting nervously to the door. "At midnight."

Now, with the household asleep—or whatever passed for sleep among vampires—Emily assessed her meager resources. The silver locket. A pitcher of water that may or may not be holy water. The clothes on her back. Not much to work with against centuries-old predators.

A soft knock interrupted her thoughts. The door opened to reveal Celeste, looking surprisingly normal in the daylight—still inhumanly beautiful, but without the predatory aura she exuded at night.

"Good morning, sister," she greeted Emily, closing the door behind her. "You look terrible."

Celeste shrugged, examining her flawless nails. "Nicholas has always had a temper. You'd do well to remember that after your transition."

"If I survive it," Emily said bitterly.

"That's why I'm here." Celeste moved closer, her movements fluid despite the daylight hours. "To help ensure you do."

Emily eyed her suspiciously. "Why would you help me?"

"Self-interest, mainly." Celeste perched on the edge of the bed, keeping a careful distance from Emily's locket. "The ritual requires significant energy from all of us. If you fight too hard, it weakens the entire family for months. And in our world, weakness is... dangerous."

"So you want me to just give in? Accept becoming a monster?"

Celeste's eyes flashed dangerously before she composed herself. "We're not monsters. We're survivors. The transformation offers gifts beyond your imagination—strength, beauty, eternal youth." She gestured to herself. "I was turned in 1712, yet here I am, forever twenty-two."

"Along with a thirst for blood and a complete lack of humanity," Emily countered.

"We retain what humanity we choose to," Celeste said, rising gracefully. "Victor chose power. Nicholas chose cruelty." She paused. "James chose love."

Emily scoffed. "Love? He tricked me, married me for my blood!"

"He could have taken any woman's blood," Celeste pointed out. "He chose you because he genuinely loves you." She moved to the door. "Think about it. The ritual happens whether you accept it or not. Fighting only increases the suffering."

After Celeste departed, Emily sat in silence, turning over the vampire's words. Clearly, this was another attempt at manipulation—yet something in Celeste's tone had seemed almost sincere.

The hours crawled by. Midday came and went. Emily's anxiety grew with each passing minute, knowing that sunset would bring the family's awakening and, soon after, the ritual that would either kill her or transform her into something inhuman.

Late afternoon brought another visitor—James, his face solemn as he entered carrying a silver tray.

"The purification ritual," he explained, setting down the tray to reveal a basin of clear water, white robes, and a small vial of dark liquid. "Traditional preparation for a Blackwood bride."

"I'm not drinking that," Emily said, eyeing the vial.

"It dulls the pain," James replied. "The transition is... difficult without it."

"I'd rather feel everything," Emily stated firmly. "Keep my mind clear."

James nodded, not surprised. "I thought you might say that." He gestured to the basin. "The cleansing can't be avoided, though. Father insists."

"Then turn around," Emily demanded, standing.

James complied, facing the door as Emily quickly washed with the scented water and changed into the white robes. The material was finer than anything she'd ever worn, almost ethereal against her skin.

"It was my mother's," James said softly, still facing away. "Worn for her transition in 1723."

Emily froze in the act of tying the sash. "Your mother? Lillian isn't your biological mother?"

James turned, his eyes distant with memory. "No. Lillian was Victor's second wife, taken after my mother died during an attack on the estate. Witch hunters, bearing silver and blessed weapons."

"So vampires can die," Emily observed, filing away the information.

"With difficulty," James conceded. "Violence against the heart or head, fire, extended exposure to sunlight—and yes, certain blessed items in sufficient quantity." His eyes focused on her locket. "That trinket might burn, but it wouldn't kill."

"Good to know," Emily said, her mind racing with possibilities.

James stepped closer, genuine emotion in his eyes. "Emily, please. Don't make this harder than it has to be. Accept the transition. Be my wife for eternity."

"I never agreed to eternity," Emily replied. "Just 'till death do us part.'"

"And tonight will be your death," James said quietly. "What comes after is something else entirely."

As the sun began to set, casting long shadows through the thin gaps in the boarded windows, Emily felt cold dread settle in her stomach. In mere hours, the ritual would begin.

James had left her alone after completing the purification ritual, promising to return at eleven to escort her to the ceremonial chamber. Now, pacing her circular prison, Emily wracked her brain for a way out—or at least a way to fight.

The white robe offered no pockets or hiding places for weapons. Her locket remained her only defense, and against multiple vampires, it would be woefully inadequate.

As the final rays of sunlight faded, Emily heard movement throughout the house—the Blackwoods awakening, preparing for their unholy ceremony. Voices echoed through the halls, footsteps hurrying with purpose.

When the door opened again, Emily expected James. Instead, Lucy slipped inside, her face bruised, her eyes partially glazed but showing a glimmer of her former spirit.

"Lucy!" Emily rushed to the girl, alarmed by her condition. "What happened?"

"Nicholas," the maid whispered, her voice hoarse. "After you escaped. He was... angry." She shuddered, then seemed to gather herself. "No time. I brought you this." From beneath her apron, she withdrew an object wrapped in cloth.

Emily unwrapped it to find a wooden stake, its tip sharpened to a wicked point.

"Oak from the sacred grove behind the family cemetery," Lucy explained. "Blessed by the village priest last Easter, before..." She trailed off, touching the marks on her neck.

"Before Nicholas got to him too?" Emily guessed.

Lucy nodded. "The whole village serves them now. Has for generations." She pressed the stake into Emily's hands. "Through the heart. It's the only way."

"Lucy, come with me," Emily urged. "We can both escape."

The maid shook her head sadly. "Too late for me. His bite... it's like poison in my mind. I can fight it enough to help you, but I can't leave." Her eyes darted to the door. "They're coming. Hide it."

Emily quickly concealed the stake in the voluminous folds of her robe. "Thank you, Lucy. I won't forget this."

"Just end it," Lucy whispered fiercely. "End them all."

She slipped out just before heavy footsteps approached. Emily composed her features, trying to appear resigned rather than newly determined.

The door opened to reveal Nicholas, his burned face partially healed but still raw and angry.

"Time for your grand debut," he sneered, entering the room. "James is busy with final preparations, so I volunteered to escort you."

Emily doubted very much that he had "volunteered" out of kindness. The predatory gleam in his eyes confirmed her suspicions.

"No silver tricks tonight," Nicholas warned, roughly grabbing her arm. "The holy water in your pitcher has been replaced, and if I see that locket again, I'll rip it from your neck—along with your throat."

Emily allowed herself to be led from the room, keeping her body relaxed to avoid drawing attention to the stake hidden in her robes. Nicholas marched her through corridors she hadn't seen before, descending deeper into the house until they reached what must have been the original foundations—ancient stone walls glistening with moisture, air heavy with the scent of earth and something metallic that might have been blood.

They stopped before a massive iron door engraved with symbols similar to those Emily had seen on the west wing entrance. Nicholas punched a code into a modern keypad incongruously mounted beside it—1683, the year Victor had made his pact with darkness.

The door swung open silently, revealing a circular chamber much larger than Emily's prison. Torches burned in wall sconces, casting flickering shadows over an altar at the center—a stone slab with channels carved into its surface, all leading to a basin at its foot.

The entire Blackwood family waited inside. Victor and Lillian stood behind the altar, both dressed in ceremonial robes of midnight blue. Celeste waited to the side, her expression unreadable. And James—her husband, her betrayer—stood directly beside the altar, his face a mask of controlled anticipation.

"Ah, the bride arrives," Victor intoned, his voice echoing in the vaulted chamber. "Bring her forward, Nicholas."

As Nicholas pushed her roughly toward the altar, Emily cataloged the room's features, searching for advantages. No windows, only the single door they'd entered through. The stone altar, the basin, various ritual implements laid out with precise care. And surrounding it all, painted on the floor in what looked horribly like dried blood, a vast circular symbol filled with arcane lettering.

"The hour approaches," Victor announced, checking an ancient pocket watch. "Places, everyone."

Nicholas released Emily with a final shove, sending her stumbling toward James, who caught her with gentle hands.

"It will be over soon," he murmured, helping her stand upright before the altar.

"The rebirth ritual has remained unchanged since 1683," Victor explained, his voice carrying the weight of centuries. "The willing sacrifice of a bride, the sharing of the ancient blood, the death and resurrection that binds a new member to the Blackwood legacy."

Emily noticed his use of "willing" with bitter amusement. Nothing about this was willing.

"The transformation is painful," Victor continued, "but temporary. What follows is eternal life, youth, and power beyond mortal imagination."

As he spoke, Lillian and Celeste moved to positions around the circle. Nicholas took his place opposite James, completing the family ring around Emily and the altar.

Victor withdrew an ornate dagger from his robes—silver handle, blade of a dark metal Emily couldn't identify. "The blade that sealed our original pact," he explained, seeing her gaze. "Forged from meteorite iron and quenched in the blood of its maker."

Emily's hand moved imperceptibly toward the stake hidden in her robes. Not yet. She needed the perfect moment, needed to be closer to one of them—preferably Nicholas, the greatest immediate threat.

"James, as her husband, you will draw the first blood," Victor said, offering the dagger. "Open her heart to receive our gift."

James accepted the blade with a reverent nod. He turned to Emily, his eyes searching hers. "I do love you," he whispered. "This is the only way we can be together forever."

"I know," Emily replied softly, forcing her features into an expression of acceptance. She stepped closer to him, as if embracing her fate. "I understand now."

Relief washed over James's face—the exact reaction she'd hoped for. His guard lowered, just for a moment.

That moment was all Emily needed.

With practiced motion—thank you, grandmother, for those self-defense classes—Emily withdrew the stake and drove it upward with all her strength, aiming for James's heart.

The sharpened oak pierced his chest with surprising ease. James's eyes widened in shock and betrayal, his mouth opening in a silent cry. The dagger clattered to the stone floor as his hands clutched reflexively at the stake protruding from his chest.

"Emily," he gasped, blood—darker than human blood, almost black—bubbling from his lips. "Why?"

"Till death do us part," Emily whispered, twisting the stake deeper.

For a frozen moment, no one moved—the Blackwoods too shocked by this sudden turn to react. Then James collapsed to his knees, his body already beginning to desiccate, skin graying and shrinking against his bones.

The chamber erupted in chaos.

"JAMES!" Celeste screamed, rushing forward.

"Seize her!" Victor commanded, his face contorted with rage.

Nicholas moved with vampiric speed, but Emily was ready. She snatched the fallen ritual dagger and slashed at his approaching form. The blade opened a smoking wound across his chest, driving him back with a howl of pain.

"The blade kills us!" Lillian shrieked, backing away. "It's part of the pact!"

Emily held the dagger before her, circling to keep all the vampires in view as James's body continued to wither on the floor. In death, his true age became apparent—skin like ancient parchment, hair brittle and colorless.

"Stay back," Emily warned, brandishing the weapon. "Or you'll join him."

Victor's rage gave way to calculating assessment. "The ritual is ruined," he said coldly. "The new moon's power, wasted. It will be a century before another Blackwood bride can be taken."

"Unless we make an exception," Nicholas suggested, eyeing Emily with newfound respect. "She's proven her strength. Take her anyway."

"She killed my son!" Victor roared.

"And she'd make a formidable addition to our family," Nicholas countered. "Imagine that spirit turned to our purposes."

Celeste had knelt beside James's remains, her face streaked with bloody tears. "I vote we drain her dry," she hissed, looking up with hatred.

"The family must vote," Lillian interjected, her voice steadier than the others. "As tradition demands when a potential bride kills her sponsor."

Emily realized with horror that this scenario, impossible as it seemed, had happened before—enough times to establish a protocol.

"I vote we turn her," Nicholas said immediately. "Her strength would serve us well."

"Death," Celeste voted, rising to her feet.

"Death," Victor echoed, his ancient eyes burning with hatred.

All eyes turned to Lillian, whose vote would break the tie. She studied Emily with cold calculation, then smiled thinly.

"Turn her," she said finally. "Such spirit is rare. And James always did have excellent taste."

"No!" Emily backed toward the door, dagger extended. "I'm not becoming one of you!"

"The family has voted," Victor said with grim finality. "Nicholas, as the proposer, you will sponsor her transition."

Nicholas smiled, revealing fangs already extended in anticipation. "With pleasure, Father."

He lunged forward too quickly for Emily to react, knocking the dagger from her hand and seizing her by the throat. His strength was overwhelming, his fangs descending toward her neck.

In desperation, Emily clutched at her silver locket, pressing it against Nicholas's face. He howled in pain but didn't release her, his grip tightening as he forced her head back to expose her throat.

"I'm going to enjoy breaking you," he snarled, his breath hot against her skin.

The chamber door burst open with a deafening crash. Framed in the doorway stood Lucy, her small figure somehow imposing in the torchlight. In her hands she held an old-fashioned blunderbuss, its barrel gleaming with symbols Emily recognized from her grandmother's locket.

"Let her go," Lucy commanded, her voice stronger than Emily had ever heard it.

Nicholas laughed, not loosening his grip. "Or what, little servant? You'll shoot me with that antique? Your mind belongs to me, remember?" His voice took on the hypnotic quality Emily had heard before. "Put down the weapon, Lucy. Come here."

For a moment, Lucy's resolve seemed to waver, her arms lowering slightly.

"Lucy, fight it!" Emily cried, still struggling in Nicholas's grasp.

The maid's eyes cleared. With visible effort, she raised the blunderbuss again. "My grandmother was the village witch," she said, her voice shaking but determined. "She taught me how to break your kind's hold. And how to end you."

She fired.

The weapon's roar filled the chamber. Nicholas jerked backward, releasing Emily as something tore through his chest—not a conventional bullet, but a wooden projectile that exploded into splinters upon impact, sending blessed oak fragments throughout his body.

Nicholas stared down at the gaping wound in shock. Unlike James's relatively clean death, his body seemed to be destroying itself from within, the blessed wood spreading like a cancer through his undead flesh. He opened his mouth to scream, but only black blood poured out before he collapsed.

"Run!" Lucy shouted, already reloading the ancient weapon with practiced speed.

Emily didn't need to be told twice. She snatched up the fallen ritual dagger and bolted for the door, where Lucy stood guard.

"The servants' passage," Lucy directed, backing out of the chamber as the remaining Blackwoods recovered from their shock. "I'll hold them off."

"You're coming with me," Emily insisted, grabbing Lucy's arm.

The maid shook her head. "Nicholas's death broke his hold, but I need to finish this." Her eyes blazed with generations of suppressed anger. "My family has served them for centuries. It ends tonight."

Victor's roar of rage spurred them to movement. Emily fled down the corridor as Lucy fired again, Celeste's shriek confirming another hit.

The servants' passage was where Lucy had described, hidden behind a tapestry depicting a medieval hunt. Emily slipped inside, hearing the sounds of battle fade behind her—Lucy's defiant shouts, the Blackwoods' inhuman screams, another thunderous shot from the blunderbuss.

The narrow passage twisted through the house's ancient bones, eventually emerging in the kitchen as it had during her previous escape attempt. This time, Emily didn't hesitate. She ran for the tree line, the ritual dagger clutched in her hand, her white robes ghostly in the moonlight.

Behind her, Blackwood Manor erupted in flames.

Emily paused at the forest's edge, turning to witness orange fire blooming in the mansion's east wing, quickly spreading to the central structure. More explosions followed—Lucy must have prepared for this, planting makeshift bombs throughout the house.

For a moment, Emily considered returning to help, but survival instinct won out. Lucy had made her choice. The least Emily could do was ensure it wasn't in vain.

She plunged into the forest, following a faint path that she hoped led to the main road. The night was alive with sounds—animals fleeing the fire, distant sirens, and something else: inhuman howls of rage and pain.

The Blackwoods weren't finished yet.

Capítulo 7
El Primer Asesinato

El amanecer se extendió sobre la Mansión Blackwood, la pálida luz filtrándose a través de las altas ventanas de la prisión de Emily. Estaba sentada en la estrecha cama, exhausta pero incapaz de dormir, dando vueltas al medallón de plata de su abuela en sus manos.

Después de su fallido intento de escape, la seguridad se había duplicado. La puerta de la habitación circular ahora estaba custodiada por dos sirvientes—hombres que Emily no había visto antes, con los mismos ojos vacíos que Lucy después de la mordedura de Nicholas. Las ventanas habían sido tapiadas, dejando solo delgadas franjas de luz diurna para marcar el paso del tiempo.

James no había regresado después de escoltarla de vuelta a la cámara. En cambio, la señora Reynolds había llegado con vendajes para los moretones en su garganta y una bandeja de comida que Emily no podía ni tocar.

"El ritual es esta noche," había susurrado la anciana ama de llaves, con los ojos dirigiéndose nerviosamente hacia la puerta. "A medianoche."

Ahora, con la casa dormida—o lo que fuera que pasaba por dormir entre vampiros—Emily evaluaba sus escasos recursos. El medallón de plata. Una jarra de agua que podía o no ser agua bendita. La ropa que llevaba puesta. No era mucho para enfrentarse a depredadores centenarios.

Un suave golpe interrumpió sus pensamientos. La puerta se abrió para revelar a Celeste, que se veía sorprendentemente normal a la luz del día—todavía inhumanamente hermosa, pero sin el aura depredadora que emanaba por la noche.

"Buenos días, hermana," saludó a Emily, cerrando la puerta tras ella. "Te ves terrible."

Celeste se encogió de hombros, examinando sus uñas perfectas. "Nicholas siempre ha tenido mal genio. Harías bien en recordarlo después de tu transición."

"Si sobrevivo," dijo Emily amargamente.

"Por eso estoy aquí." Celeste se acercó, sus movimientos fluidos a pesar de ser horas diurnas. "Para ayudarte a asegurar que lo hagas."

Emily la miró con sospecha. "¿Por qué me ayudarías?"

"Principalmente por interés propio." Celeste se posó en el borde de la cama, manteniendo una distancia prudente del medallón de Emily. "El ritual requiere una energía significativa de todos nosotros. Si luchas demasiado, debilita a toda la familia durante meses. Y en nuestro mundo, la debilidad es... peligrosa."

"¿Así que quieres que simplemente me rinda? ¿Que acepte convertirme en un monstruo?"

Los ojos de Celeste destellaron peligrosamente antes de que se compusiera. "No somos monstruos. Somos supervivientes. La transformación ofrece dones más allá de tu imaginación— fuerza, belleza, juventud eterna." Hizo un gesto hacia sí misma. "Fui convertida en 1712, y aquí estoy, eternamente con veintidós años."

"Junto con una sed de sangre y una completa falta de humanidad," replicó Emily.

"Conservamos la humanidad que elegimos," dijo Celeste, levantándose con gracia. "Victor eligió el poder. Nicholas eligió la crueldad." Hizo una pausa. "James eligió el amor."

Emily se burló. "¿Amor? Me engañó, se casó conmigo por mi sangre."

"Podría haber tomado la sangre de cualquier mujer," señaló Celeste. "Te eligió porque genuinamente te ama." Se dirigió a la puerta. "Piénsalo. El ritual sucederá lo aceptes o no. Luchar solo aumenta el sufrimiento."

Después de que Celeste se marchara, Emily se quedó en silencio, reflexionando sobre las palabras de la vampiresa. Claramente, este era otro intento de manipulación—aunque algo en el tono de Celeste había parecido casi sincero.

Las horas se arrastraron. El mediodía llegó y pasó. La ansiedad de Emily crecía con cada minuto que pasaba, sabiendo que el atardecer traería el despertar de la familia y, poco después, el ritual que la mataría o la transformaría en algo inhumano.

La tarde avanzada trajo otro visitante—James, su rostro solemne mientras entraba llevando una bandeja plateada.

"El ritual de purificación," explicó, dejando la bandeja para revelar una palangana de agua clara, túnicas blancas y un pequeño frasco de líquido oscuro. "Preparación tradicional para una novia Blackwood."

"No voy a beber eso," dijo Emily, mirando el frasco con recelo.

"Mitiga el dolor," respondió James. "La transición es... difícil sin ello."

"Prefiero sentirlo todo," afirmó Emily con firmeza. "Mantener mi mente clara."

James asintió, sin sorprenderse. "Pensé que dirías eso." Señaló la palangana. "La limpieza no puede evitarse, sin embargo. Padre insiste."

"Entonces date la vuelta," exigió Emily, poniéndose de pie.

James obedeció, dando la cara a la puerta mientras Emily rápidamente se lavaba con el agua perfumada y se cambiaba a las túnicas blancas. El material era más fino que cualquier cosa que hubiera usado, casi etéreo contra su piel.

"Era de mi madre," dijo James suavemente, aún mirando hacia otro lado. "Lo usó para su transición en 1723."

Emily se congeló en el acto de atar el fajín. "¿Tu madre? ¿Lillian no es tu madre biológica?"

James se volvió, sus ojos distantes con el recuerdo. "No. Lillian fue la segunda esposa de Victor, tomada después de que mi madre muriera durante un ataque a la propiedad. Cazadores de brujas, armados de plata y armas bendecidas."

"Así que los vampiros pueden morir," observó Emily, archivando la información.

"Con dificultad," concedió James. "Violencia contra el corazón o la cabeza, fuego, exposición prolongada a la luz solar—y sí, ciertos objetos bendecidos en cantidad suficiente." Sus ojos se concentraron en su medallón. "Esa baratija podría quemar, pero no mataría."

"Bueno saberlo," dijo Emily, su mente acelerándose con posibilidades.

James se acercó, emoción genuina en sus ojos. "Emily, por favor. No hagas esto más difícil de lo que tiene que ser. Acepta la transición. Sé mi esposa para toda la eternidad."

"Nunca accedí a la eternidad," respondió Emily. "Solo 'hasta que la muerte nos separe'."

"Y esta noche será tu muerte," dijo James quedamente. "Lo que viene después es algo completamente distinto."

Mientras el sol comenzaba a ponerse, proyectando largas sombras a través de los estrechos huecos en las ventanas tapiadas, Emily sintió cómo un frío terror se instalaba en su estómago. En pocas horas, el ritual comenzaría.

James la había dejado sola después de completar el ritual de purificación, prometiendo regresar a las once para escoltarla a la cámara ceremonial. Ahora, paseando por su prisión circular, Emily se estrujaba el cerebro buscando una salida—o al menos una forma de luchar.

La túnica blanca no ofrecía bolsillos ni escondites para armas. Su medallón seguía siendo su única defensa, y contra múltiples vampiros, sería lamentablemente insuficiente.

Mientras los últimos rayos del sol se desvanecían, Emily oyó movimiento por toda la casa—los Blackwood despertando, preparándose para su impía ceremonia. Voces resonaban por los pasillos, pasos apresurándose con determinación.

Cuando la puerta se abrió de nuevo, Emily esperaba a James. En su lugar, Lucy se deslizó dentro, su rostro magullado, sus ojos parcialmente vidriosos pero mostrando un destello de su espíritu anterior.

"¡Lucy!" Emily corrió hacia la chica, alarmada por su condición. "¿Qué pasó?"

"Nicholas," susurró la doncella, su voz ronca. "Después de que escaparas. Estaba... enfadado." Se estremeció, luego pareció recomponerse. "No hay tiempo. Te traje esto." De debajo de su delantal, sacó un objeto envuelto en tela.

Emily lo desenvolvió para encontrar una estaca de madera, su punta afilada hasta un punto malvado.

"Roble del bosquecillo sagrado detrás del cementerio familiar," explicó Lucy. "Bendecida por el sacerdote del pueblo la Pascua pasada, antes de..." Se interrumpió, tocando las marcas en su cuello.

"¿Antes de que Nicholas también lo atrapara?" adivinó Emily.

Lucy asintió. "Todo el pueblo les sirve ahora. Lo ha hecho por generaciones." Presionó la estaca en las manos de Emily. "A través del corazón. Es la única manera."

"Lucy, ven conmigo," instó Emily. "Las dos podemos escapar."

La doncella negó tristemente con la cabeza. "Demasiado tarde para mí. Su mordedura... es como veneno en mi mente. Puedo luchar lo suficiente para ayudarte, pero no puedo irme." Sus ojos se dirigieron a la puerta. "Vienen. Escóndela."

Emily rápidamente ocultó la estaca en los voluminosos pliegues de su túnica. "Gracias, Lucy. No olvidaré esto."

"Solo acaba con ellos," susurró Lucy ferozmente. "Acaba con todos ellos."

Se deslizó fuera justo antes de que pesados pasos se acercaran. Emily compuso sus facciones, tratando de parecer resignada en lugar de firmemente decidida.

La puerta se abrió para revelar a Nicholas, su rostro quemado parcialmente curado pero aún en carne viva y furioso.

"Hora de tu gran debut," se burló, entrando en la habitación. "James está ocupado con los preparativos finales, así que me ofrecí a escoltarte."

Emily dudaba mucho que se hubiera "ofrecido" por amabilidad. El brillo depredador en sus ojos confirmó sus sospechas.

"Nada de trucos con plata esta noche," advirtió Nicholas, agarrando bruscamente su brazo. "El agua bendita en tu jarra ha sido reemplazada, y si veo ese medallón de nuevo, lo arrancaré de tu cuello—junto con tu garganta."

Emily se dejó conducir fuera de la habitación, manteniendo su cuerpo relajado para evitar llamar la atención sobre la estaca escondida en sus ropas. Nicholas la condujo a través de corredores que no había visto antes, descendiendo más profundamente en la casa hasta que llegaron a lo que debían ser los cimientos originales—antiguas paredes de piedra relucientes de humedad, aire pesado con el olor a tierra y algo metálico que podría haber sido sangre.

Se detuvieron ante una enorme puerta de hierro grabada con símbolos similares a los que Emily había visto en la entrada del ala oeste. Nicholas tecleó un código en un teclado moderno incongruentemente montado junto a ella—1683, el año en que Victor había hecho su pacto con la oscuridad.

La puerta se abrió en silencio, revelando una cámara circular mucho más grande que la prisión de Emily. Antorchas ardían en apliques de pared, proyectando sombras parpadeantes sobre un altar en el centro—una losa de piedra con canales tallados en su superficie, todos conduciendo a una cuenca a sus pies.

Toda la familia Blackwood esperaba dentro. Victor y Lillian estaban detrás del altar, ambos vestidos con túnicas ceremoniales de azul medianoche. Celeste esperaba a un lado, su expresión ilegible. Y James—su esposo, su traidor—se encontraba directamente al lado del altar, su rostro una máscara de anticipación controlada.

"Ah, la novia llega," entonó Victor, su voz resonando en la cámara abovedada. "Tráela adelante, Nicholas."

Mientras Nicholas la empujaba bruscamente hacia el altar, Emily catalogó las características de la habitación, buscando ventajas. Sin ventanas, solo la única puerta por la que habían entrado. El altar de piedra, la cuenca, diversos implementos rituales dispuestos con preciso cuidado. Y rodeándolo todo, pintado en el suelo con lo que parecía horriblemente sangre seca, un vasto símbolo circular lleno de letras arcanas.

"La hora se acerca," anunció Victor, consultando un antiguo reloj de bolsillo. "A vuestros puestos, todos."

Nicholas soltó a Emily con un empujón final, enviándola tambaleándose hacia James, quien la atrapó con manos gentiles.

"Pronto terminará," murmuró, ayudándola a ponerse erguida ante el altar.

"El ritual de renacimiento ha permanecido sin cambios desde 1683," explicó Victor, su voz cargando el peso de siglos. "El sacrificio voluntario de una novia, el compartir de la sangre antigua, la muerte y resurrección que vincula a un nuevo miembro al legado Blackwood."

Emily notó su uso de "voluntario" con amarga diversión. Nada de esto era voluntario.

"La transformación es dolorosa," continuó Victor, "pero temporal. Lo que sigue es vida eterna, juventud y poder más allá de la imaginación mortal."

Mientras hablaba, Lillian y Celeste se movieron a posiciones alrededor del círculo. Nicholas tomó su lugar opuesto a James, completando el anillo familiar alrededor de Emily y el altar.

Victor sacó una daga ornamentada de sus ropas—mango de plata, hoja de un metal oscuro que Emily no pudo identificar. "La hoja que selló nuestro pacto original," explicó, viendo su mirada.

"Forjada de hierro meteórico y templada en la sangre de su creador."

La mano de Emily se movió imperceptiblemente hacia la estaca escondida en sus ropas. Aún no. Necesitaba el momento perfecto, necesitaba estar más cerca de uno de ellos—preferiblemente Nicholas, la mayor amenaza inmediata.

"James, como su esposo, extraerás la primera sangre," dijo Victor, ofreciendo la daga. "Abre su corazón para recibir nuestro don."

James aceptó la hoja con un respetuoso asentimiento. Se volvió hacia Emily, sus ojos buscando los de ella. "Te amo de verdad," susurró. "Esta es la única forma en que podemos estar juntos para siempre."

"Lo sé," respondió Emily suavemente, forzando sus facciones en una expresión de aceptación. Se acercó a él, como si abrazara su destino. "Ahora lo entiendo."

El alivio inundó el rostro de James—exactamente la reacción que ella había esperado. Su guardia bajó, solo por un momento.

Ese momento era todo lo que Emily necesitaba.

Con un movimiento practicado—gracias, abuela, por esas clases de defensa personal—Emily sacó la estaca y la clavó hacia arriba con toda su fuerza, apuntando al corazón de James.

El roble afilado perforó su pecho con sorprendente facilidad. Los ojos de James se ensancharon de shock y traición, su boca abriéndose en un grito silencioso. La daga repiqueteó en el suelo de piedra mientras sus manos agarraban reflexivamente la estaca que sobresalía de su pecho.

"Emily," jadeó, sangre—más oscura que la sangre humana, casi negra—burbujeando de sus labios. "¿Por qué?"

"Hasta que la muerte nos separe," susurró Emily, retorciendo la estaca más profundamente.

Durante un momento congelado, nadie se movió—los Blackwood demasiado conmocionados por este repentino giro para reaccionar. Entonces James se derrumbó de rodillas, su cuerpo ya comenzando a descomponerse, la piel volviéndose gris y encogida contra sus huesos.

La cámara estalló en caos.

"¡JAMES!" gritó Celeste, precipitándose hacia adelante.

"¡Agarradla!" ordenó Victor, su rostro contorsionado de rabia.

Nicholas se movió con velocidad vampírica, pero Emily estaba lista. Arrebató la daga ritual caída y dio un tajo a su forma que se aproximaba. La hoja abrió una herida humeante a través de su pecho, haciéndolo retroceder con un aullido de dolor.

"¡La hoja nos mata!" chilló Lillian, retrocediendo. "¡Es parte del pacto!"

Emily sostuvo la daga ante ella, circulando para mantener a todos los vampiros a la vista mientras el cuerpo de James continuaba marchitándose en el suelo. En la muerte, su verdadera edad se hizo evidente—piel como pergamino antiguo, cabello quebradizo e incoloro.

"Atrás," advirtió Emily, blandiendo el arma. "O se unirán a él."

La rabia de Victor dio paso a una evaluación calculadora. "El ritual está arruinado," dijo fríamente. "El poder de la luna nueva, desperdiciado. Pasará un siglo antes de que otra novia Blackwood pueda ser tomada."

"A menos que hagamos una excepción," sugirió Nicholas, mirando a Emily con un nuevo respeto. "Ha demostrado su fuerza. Tomémosla de todos modos."

"¡Mató a mi hijo!" rugió Victor.

"Y sería una formidable adición a nuestra familia," rebatió Nicholas. "Imagina ese espíritu dirigido a nuestros propósitos."

Celeste se había arrodillado junto a los restos de James, su rostro surcado por lágrimas sangrientas. "Voto por desangrarla," siseó, mirando hacia arriba con odio.

"La familia debe votar," intervino Lillian, su voz más firme que la de los demás. "Como la tradición exige cuando una novia potencial mata a su patrocinador."

Emily se dio cuenta con horror de que este escenario, por imposible que pareciera, había sucedido antes—suficientes veces para establecer un protocolo.

"Voto por convertirla," dijo Nicholas inmediatamente. "Su fuerza nos serviría bien."

"Muerte," votó Celeste, poniéndose de pie.

"Muerte," repitió Victor, sus antiguos ojos ardiendo de odio.

Todas las miradas se volvieron a Lillian, cuyo voto rompería el empate. Estudió a Emily con frialdad calculada, luego sonrió tenuemente.

"Convertirla," dijo finalmente. "Tal espíritu es raro. Y James siempre tuvo un gusto excelente."

"¡No!" Emily retrocedió hacia la puerta, la daga extendida. "¡No me convertiré en una de ustedes!"

"La familia ha votado," dijo Victor con sombría finalidad. "Nicholas, como proponente, patrocinarás su transición."

Nicholas sonrió, revelando colmillos ya extendidos en anticipación. "Con placer, Padre."

Se abalanzó demasiado rápido para que Emily reaccionara, golpeando la daga fuera de su mano y agarrándola por la garganta. Su fuerza era abrumadora, sus colmillos descendiendo hacia su cuello.

En desesperación, Emily agarró su medallón de plata, presionándolo contra el rostro de Nicholas. Él aulló de dolor pero no la soltó, su agarre apretándose mientras forzaba su cabeza hacia atrás para exponer su garganta.

"Voy a disfrutar rompiéndote," gruñó, su aliento caliente contra su piel.

La puerta de la cámara se abrió de golpe con un estruendo ensordecedor. Enmarcada en la entrada estaba Lucy, su pequeña figura de alguna manera imponente a la luz de las antorchas. En sus manos sostenía un trabuco antiguo, su cañón brillando con símbolos que Emily reconoció del medallón de su abuela.

"Suéltala," ordenó Lucy, su voz más fuerte de lo que Emily jamás la había escuchado.

Nicholas se rio, sin aflojar su agarre. "¿O qué, pequeña sirvienta? ¿Me dispararás con esa antigüedad? Tu mente me pertenece, ¿recuerdas?" Su voz adquirió la cualidad hipnótica que Emily había escuchado antes. "Baja el arma, Lucy. Ven aquí."

Por un momento, la determinación de Lucy pareció vacilar, sus brazos bajando ligeramente.

"¡Lucy, lucha contra ello!" gritó Emily, aún forcejeando en el agarre de Nicholas.

Los ojos de la doncella se aclararon. Con esfuerzo visible, levantó el trabuco nuevamente. "Mi abuela era la bruja del pueblo," dijo, su voz temblando pero decidida. "Me enseñó cómo romper el control de los de tu especie. Y cómo acabar con vosotros."

Disparó.

El rugido del arma llenó la cámara. Nicholas se sacudió hacia atrás, soltando a Emily cuando algo atravesó su pecho—no una bala convencional, sino un proyectil de madera que explotó en astillas al impactar, enviando fragmentos de roble bendecido por todo su cuerpo.

Nicholas miró la enorme herida con shock. A diferencia de la muerte relativamente limpia de James, su cuerpo parecía estar destruyéndose desde dentro, la madera bendecida extendiéndose como un cáncer a través de su carne no-muerta. Abrió la boca para gritar, pero solo sangre negra brotó antes de que colapsara.

"¡Corre!" gritó Lucy, ya recargando el arma antigua con velocidad practicada.

Emily no necesitó que se lo dijeran dos veces. Arrebató la daga ritual caída y corrió hacia la puerta, donde Lucy montaba guardia.

"El pasaje de los sirvientes," dirigió Lucy, retrocediendo fuera de la cámara mientras los Blackwood restantes se recuperaban de su conmoción. "Los detendré."

"Vienes conmigo," insistió Emily, agarrando el brazo de Lucy.

La doncella negó con la cabeza. "La muerte de Nicholas rompió su control, pero necesito terminar esto." Sus ojos ardían con generaciones de ira suprimida. "Mi familia les ha servido durante siglos. Termina esta noche."

El rugido de rabia de Victor las impulsó a moverse. Emily huyó por el corredor mientras Lucy disparaba nuevamente, el chillido de Celeste confirmando otro impacto.

El pasaje de los sirvientes estaba donde Lucy había descrito, oculto detrás de un tapiz que representaba una cacería medieval. Emily se deslizó dentro, oyendo cómo los sonidos de batalla se desvanecían tras ella—los gritos desafiantes de Lucy, los aullidos inhumanos de los Blackwood, otro disparo atronador del trabuco.

El estrecho pasaje serpenteaba a través de los antiguos huesos de la casa, emergiendo finalmente en la cocina como lo había hecho durante su anterior intento de escape. Esta vez, Emily no dudó. Corrió hacia la línea de árboles, la daga ritual apretada en su mano, sus túnicas blancas fantasmales a la luz de la luna.

Detrás de ella, la Mansión Blackwood estalló en llamas.

Emily se detuvo en el borde del bosque, volviéndose para presenciar cómo el fuego anaranjado florecía en el ala este de la mansión, extendiéndose rápidamente a la estructura central. Más explosiones siguieron—Lucy debía haberse preparado para esto, plantando bombas improvisadas por toda la casa.

Por un momento, Emily consideró regresar para ayudar, pero el instinto de supervivencia se impuso. Lucy había tomado su decisión. Lo menos que Emily podía hacer era asegurar que no fuera en vano.

Se sumergió en el bosque, siguiendo un débil sendero que esperaba condujera a la carretera principal. La noche estaba viva con sonidos—animales huyendo del fuego, sirenas distantes, y algo más: aullidos inhumanos de rabia y dolor.

Los Blackwood aún no habían terminado.

Chapter 8
Blood and Ashes

---※---

Dawn found Emily miles from Blackwood Manor, exhausted but alive. She'd followed the forest path until it intersected with a rural highway, then flagged down a passing truck driver who'd been kind enough to take her to the nearest town—a small settlement she recognized from the drive in with James just days earlier.

The local diner was just opening when she arrived, her appearance drawing curious stares. The white ceremonial robe was now torn and dirt-stained, her feet bare and bloodied from her forest flight. She must have looked like an escaped mental patient.

"Honey, are you alright?" the waitress asked, concern evident in her weathered face.

"There was a fire," Emily explained, the partial truth easier than the full one. "At Blackwood Manor. I had to run for it."

The waitress's expression changed to one of understanding tinged with fear. "The Blackwood place? Lord have mercy." She guided Emily to a booth in the back. "You sit here. I'll bring you some coffee and call Sheriff Daniels."

While she waited, Emily hid the ritual dagger in the booth's cushions. The last thing she needed was to explain why she was carrying a bloodstained blade.

Sheriff Daniels arrived twenty minutes later—a tall, lean man with the permanently suspicious expression of small-town law enforcement. His deputy hung back by the door, hand resting meaningfully on his holstered weapon.

"Ma'am, I understand there's been an incident at the Blackwood estate," the sheriff began, sliding into the booth opposite Emily.

"A fire," Emily confirmed, hands wrapped around her third cup of coffee. "I'm not sure how it started. I was asleep when I smelled smoke."

"And you are?" the sheriff prompted.

"Emily Winters." She hesitated, then added reluctantly, "Blackwood. James Blackwood's wife."

The sheriff's eyebrows rose. "Didn't know the Blackwoods had any family beyond the main branch."

"We were recently married," Emily explained. "I just moved in a few days ago."

The sheriff made notes in a small pad. "Anyone else in the house when the fire started?"

Emily nodded. "The family—Victor, Lillian, Nicholas, and Celeste. Some staff members. A maid named Lucy." Her voice caught on the last name.

"I've dispatched fire crews," the sheriff said, though he didn't sound particularly urgent about it. "Though that place is pretty remote. Probably burned to the ground already."

His casual attitude struck Emily as odd. Shouldn't he be more concerned about potential casualties?

"Shouldn't we go back?" she pressed. "There might be survivors."

The sheriff studied her with unreadable eyes. "The Blackwoods have always handled their own affairs, ma'am. Town policy is to keep our distance unless specifically invited." He closed his notebook. "I'll take a statement from you once you've had some rest. Maggie here says you can use the room above the diner for a few hours."

As he stood to leave, Emily noticed something she'd missed before—a small brooch on his uniform shirt, bearing the same symbol she'd seen on the Blackwood family crest.

"Sheriff," she called after him, a chill running down her spine. "How long has your family lived in this area?"

He turned back, a strange smile on his face. "Generations, Mrs. Blackwood. My great-great-grandfather was sheriff when Victor Blackwood first established this town." His eyes held hers meaningfully. "We've always understood our place in the natural order of things."

After he departed, Emily sat frozen, the implications sinking in. This wasn't just the Blackwood estate—it was Blackwood territory. The entire town was under their influence, had been for centuries.

She needed to leave, immediately.

The waitress returned, sympathy on her face. "Poor thing, you look exhausted. Let me show you upstairs. You can clean up and rest a bit."

Emily followed, alert for any sign of threat, but the older woman seemed genuinely concerned. The room above the diner was small but clean, with a bathroom attached. After the waitress left, Emily locked the door and pushed a dresser against it for good measure.

She showered quickly, washing away the dirt and ash of her escape. Her reflection in the bathroom mirror showed a woman she barely recognized—eyes haunted, throat bruised from Nicholas's grip, determination etched into every line of her face.

Exhaustion overwhelmed her once she'd dried off. Despite her fear, Emily's body demanded rest. She stretched out on the bed, the ritual dagger (retrieved from its hiding place in the booth) clutched in her hand beneath the pillow.

She slept fitfully, dreaming of James's betrayed expression as the stake pierced his heart, of Lucy standing defiant against the Blackwoods, of flames consuming the mansion's ancient walls.

A soft scratching at the door woke her hours later. Emily sat up instantly, dagger ready.

"Mrs. Blackwood?" a timid voice called—not the waitress, but younger, familiar. "It's me. Lucy."

Emily approached cautiously, keeping to the side of the door. "Prove it's you."

"You wear a silver locket that burned Nicholas's face," the maid replied. "And I gave you the oak stake that killed James."

Relief flooded through Emily. She moved the dresser and unlocked the door. Lucy slipped inside, closing it quickly behind her.

The maid looked terrible—face smudged with soot, clothes torn and singed, a nasty burn along one arm. But she was alive, and her eyes were clear of Nicholas's influence.

"You made it out," Emily breathed, embracing the younger woman.

"Barely," Lucy confirmed, wincing at the contact. "I set charges throughout the east wing after giving you the stake. Had them ready for months, just waiting for the right moment."

"Did they..." Emily couldn't finish the question.

Lucy shook her head. "Victor and Lillian escaped. Celeste too, I think, though she was badly wounded." Her eyes gleamed with fierce pride. "But the house is destroyed, along with the ritual chamber. It will take them decades to rebuild their power base."

"The sheriff knows," Emily said. "The whole town is under their control."

"Not control exactly," Lucy corrected. "Protection, in their view. The Blackwoods keep other supernatural threats away from the region. In exchange, the townspeople look the other way about their... dietary requirements."

"We need to leave," Emily decided. "Both of us, right now."

Lucy nodded. "I have a car behind the diner. Borrowed from my cousin in the next county over. We can be two states away by sunrise."

"What about Victor and the others?" Emily asked. "Won't they come after us?"

"Eventually," Lucy admitted. "But they're wounded, weakened. The destruction of their home on the night of a failed ritual has damaged more than just their physical forms. Their power wanes when the family bloodline is broken."

"James," Emily whispered, remembering his body shriveling to dust.

"And Nicholas," Lucy added grimly. "Two Blackwoods dead in one night—it hasn't happened since the witch trials of 1723."

Emily retrieved the ritual dagger from under the pillow. "We take this with us. It hurt them—really hurt them."

Lucy nodded, eyeing the blade with respect. "The pact-blade. Legend says it's the only weapon that can permanently end the entire Blackwood line."

An hour later, they were on the highway, putting miles between themselves and Blackwood territory. Emily had exchanged the ceremonial robe for clothes Lucy had brought—jeans, a t-shirt, and a hooded sweatshirt to hide her distinctive features.

"Where do we go?" Emily asked as dawn broke over the horizon.

"My grandmother had a sister in New Mexico," Lucy replied, hands steady on the wheel. "She was part of a coven that specialized in protection against the undead. If anyone can help us stay hidden, it's her."

Emily fingered her grandmother's locket, thinking of the old woman's warnings and protective rituals that she'd dismissed as superstition. "My grandmother might have known more than she let on too. She always said her family had a sacred duty, though she never explained what it was."

Lucy glanced at her with new interest. "The locket, the way you handled yourself... maybe this wasn't all coincidence. Maybe you were meant to break the Blackwood cycle."

"Or maybe I was just lucky," Emily countered.

"Either way," Lucy said firmly, "the Blackwoods will recover eventually. And they'll come looking for both of us."

Emily gripped the ritual dagger, its ancient metal warm against her palm. "Then we'll be ready for them."

As the sun climbed higher, bathing the highway in golden light, Emily felt something she hadn't experienced since arriving at Blackwood Manor—hope. The night had changed her forever, stripped away her innocence, but given her purpose in return.

The Blackwoods had survived for centuries by exploiting the vulnerable, taking what wasn't theirs, treating human lives as mere resources for their eternal existence. That cycle had to end.

And if fate had chosen Emily Winters Blackwood to be the one to end it, so be it. She would embrace the role, prepare for the battle to come. Because next time the Blackwoods found her—and there would be a next time—she wouldn't be running.

She would be hunting.

Capítulo 8
Sangre y Cenizas

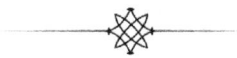

El amanecer encontró a Emily a kilómetros de la Mansión Blackwood, exhausta pero viva. Había seguido el sendero del bosque hasta que se cruzó con una carretera rural, luego detuvo a un camionero que pasaba y que fue lo suficientemente amable para llevarla hasta el pueblo más cercano—un pequeño asentamiento que reconoció del viaje de llegada con James apenas unos días antes.

La cafetería local estaba recién abriendo cuando ella llegó, su apariencia atrayendo miradas curiosas. La túnica ceremonial blanca estaba ahora rasgada y manchada de tierra, sus pies descalzos y ensangrentados por su huida a través del bosque. Debía parecer una paciente mental fugada.

"Cariño, ¿estás bien?" preguntó la camarera, con evidente preocupación en su rostro curtido.

"Hubo un incendio," explicó Emily, la verdad parcial más fácil que la completa. "En la Mansión Blackwood. Tuve que huir."

La expresión de la camarera cambió a una de comprensión teñida de miedo. "¿La propiedad de los Blackwood? Que Dios se apiade." Guió a Emily hacia un reservado en la parte trasera. "Siéntate aquí. Te traeré un café y llamaré al Sheriff Daniels."

Mientras esperaba, Emily escondió la daga ritual en los cojines del reservado. Lo último que necesitaba era explicar por qué llevaba una daga manchada de sangre.

El Sheriff Daniels llegó veinte minutos después—un hombre alto y delgado con la expresión permanentemente suspicaz propia de la autoridad en pueblos pequeños. Su ayudante se mantuvo atrás, cerca de la puerta, con la mano descansando significativamente sobre su arma enfundada.

"Señora, entiendo que ha habido un incidente en la propiedad Blackwood," comenzó el sheriff, deslizándose en el asiento frente a Emily.

"Un incendio," confirmó Emily, con las manos envolviendo su tercera taza de café. "No estoy segura de cómo comenzó. Estaba dormida cuando olí el humo."

"¿Y usted es?" indagó el sheriff.

"Emily Winters." Vaciló, luego añadió de mala gana, "Blackwood. La esposa de James Blackwood."

Las cejas del sheriff se elevaron. "No sabía que los Blackwood tenían familia más allá de la rama principal."

"Nos casamos recientemente," explicó Emily. "Me mudé hace apenas unos días."

El sheriff tomó notas en una pequeña libreta. "¿Había alguien más en la casa cuando comenzó el incendio?"

Emily asintió. "La familia—Victor, Lillian, Nicholas y Celeste. Algunos miembros del personal. Una doncella llamada Lucy." Su voz se quebró al mencionar el último nombre.

"He enviado equipos de bomberos," dijo el sheriff, aunque no sonaba particularmente urgente al respecto. "Aunque ese lugar es bastante remoto. Probablemente ya se haya quemado por completo."

Su actitud casual le pareció extraña a Emily. ¿No debería estar más preocupado por las posibles víctimas?

"¿No deberíamos regresar?" insistió. "Podría haber sobrevivientes."

El sheriff la estudió con ojos ilegibles. "Los Blackwood siempre han manejado sus propios asuntos, señora. La política del pueblo es mantener nuestra distancia a menos que específicamente se nos invite." Cerró su libreta. "Tomaré su declaración una vez que haya descansado. Maggie dice que puede usar la habitación sobre la cafetería por unas horas."

Mientras se levantaba para irse, Emily notó algo que había pasado por alto antes—un pequeño broche en su camisa de uniforme, que llevaba el mismo símbolo que había visto en el escudo de la familia Blackwood.

"Sheriff," lo llamó, sintiendo un escalofrío recorrer su espina dorsal. "¿Cuánto tiempo ha vivido su familia en esta zona?"

Él se volvió, con una extraña sonrisa en su rostro. "Generaciones, señora Blackwood. Mi tatarabuelo era sheriff cuando Victor Blackwood fundó este pueblo." Sus ojos se encontraron con los de ella significativamente. "Siempre hemos entendido nuestro lugar en el orden natural de las cosas."

Después de que se marchó, Emily se quedó inmóvil, asimilando las implicaciones. No era solo la propiedad Blackwood—era territorio Blackwood. Todo el pueblo estaba bajo su influencia, lo había estado durante siglos.

Necesitaba irse, inmediatamente.

La camarera regresó, con simpatía en su rostro. "Pobrecita, pareces agotada. Déjame mostrarte el piso de arriba. Puedes asearte y descansar un poco."

Emily la siguió, alerta ante cualquier señal de amenaza, pero la mujer mayor parecía genuinamente preocupada. La habitación sobre la cafetería era pequeña pero limpia, con un baño adjunto.

Después de que la camarera se fue, Emily cerró la puerta con llave y empujó una cómoda contra ella por si acaso.

Se duchó rápidamente, lavando la suciedad y las cenizas de su escape. Su reflejo en el espejo del baño mostraba a una mujer que apenas reconocía—ojos atormentados, garganta amoratada por el agarre de Nicholas, determinación grabada en cada línea de su rostro.

El agotamiento la invadió una vez que se había secado. A pesar de su miedo, el cuerpo de Emily exigía descanso. Se estiró en la cama, la daga ritual (recuperada de su escondite en el reservado) apretada en su mano bajo la almohada.

Durmió intranquila, soñando con la expresión traicionada de James mientras la estaca atravesaba su corazón, con Lucy enfrentándose desafiante a los Blackwood, con las llamas consumiendo los antiguos muros de la mansión.

Un suave rasguño en la puerta la despertó horas después. Emily se incorporó al instante, daga en mano.

"¿Señora Blackwood?" llamó una voz tímida—no la camarera, sino más joven, familiar. "Soy yo. Lucy."

Emily se acercó con cautela, manteniéndose a un lado de la puerta. "Demuéstrame que eres tú."

"Llevas un medallón de plata que quemó la cara de Nicholas," respondió la doncella. "Y yo te di la estaca de roble que mató a James."

El alivio inundó a Emily. Movió la cómoda y abrió la puerta. Lucy se deslizó dentro, cerrándola rápidamente tras ella.

La doncella tenía un aspecto terrible—cara manchada de hollín, ropa rasgada y chamuscada, una fea quemadura a lo largo de un brazo. Pero estaba viva, y sus ojos estaban libres de la influencia de Nicholas.

"Lo lograste," respiró Emily, abrazando a la mujer más joven.

"Apenas," confirmó Lucy, haciendo una mueca por el contacto. "Coloqué cargas por toda el ala este después de darte la estaca. Las tenía preparadas durante meses, solo esperando el momento adecuado."

"¿Ellos...?" Emily no pudo terminar la pregunta.

Lucy negó con la cabeza. "Victor y Lillian escaparon. Celeste también, creo, aunque estaba gravemente herida." Sus ojos brillaron con feroz orgullo. "Pero la casa está destruida, junto con la cámara ritual. Les llevará décadas reconstruir su posición de poder."

"El sheriff lo sabe," dijo Emily. "Todo el pueblo está bajo su control."

"No exactamente control," corrigió Lucy. "Protección, desde su punto de vista. Los Blackwood mantienen otras amenazas sobrenaturales alejadas de la región. A cambio, los habitantes del pueblo hacen la vista gorda sobre sus... requerimientos dietéticos."

"Necesitamos irnos," decidió Emily. "Las dos, ahora mismo."

Lucy asintió. "Tengo un coche detrás de la cafetería. Prestado por mi primo del condado vecino. Podemos estar a dos estados de distancia para el amanecer."

"¿Qué hay de Victor y los demás?" preguntó Emily. "¿No vendrán tras nosotras?"

"Eventualmente," admitió Lucy. "Pero están heridos, debilitados. La destrucción de su hogar en la noche de un ritual fallido ha dañado más que solo sus formas físicas. Su poder disminuye cuando se rompe el linaje familiar."

"James," susurró Emily, recordando su cuerpo convirtiéndose en polvo.

"Y Nicholas," añadió Lucy sombríamente. "Dos Blackwood muertos en una noche—no había sucedido desde los juicios de brujas de 1723."

Emily recuperó la daga ritual de debajo de la almohada. "Nos llevamos esto con nosotras. Les hizo daño—realmente les hizo daño."

Lucy asintió, mirando la hoja con respeto. "La hoja del pacto. La leyenda dice que es la única arma que puede terminar permanentemente con toda la línea Blackwood."

Una hora después, estaban en la carretera, poniendo kilómetros entre ellas y el territorio Blackwood. Emily había cambiado la túnica ceremonial por ropa que Lucy había traído—jeans, una camiseta y una sudadera con capucha para ocultar sus rasgos distintivos.

"¿Adónde vamos?" preguntó Emily mientras el amanecer rompía en el horizonte.

"Mi abuela tenía una hermana en Nuevo México," respondió Lucy, con las manos firmes en el volante. "Formaba parte de un aquelarre especializado en protección contra los no-muertos. Si alguien puede ayudarnos a permanecer ocultas, es ella."

Emily acarició el medallón de su abuela, pensando en las advertencias y rituales protectores de la anciana que había descartado como superstición. "Mi abuela también podría haber sabido más de lo que dejaba entrever. Siempre decía que su familia tenía un deber sagrado, aunque nunca explicó qué era."

Lucy la miró con nuevo interés. "El medallón, la forma en la que te desenvolviste... tal vez todo esto no fue coincidencia. Tal vez estabas destinada a romper el ciclo de los Blackwood."

"O tal vez solo tuve suerte," rebatió Emily.

"De cualquier manera," dijo Lucy con firmeza, "los Blackwood se recuperarán eventualmente. Y vendrán a buscarnos a ambas."

Emily apretó la daga ritual, su metal antiguo cálido contra su palma. "Entonces estaremos listas para ellos."

Mientras el sol ascendía más alto, bañando la carretera con luz dorada, Emily sintió algo que no había experimentado desde su llegada a la Mansión Blackwood—esperanza. La noche la había cambiado para siempre, le había arrebatado su inocencia, pero le había dado un propósito a cambio.

Los Blackwood habían sobrevivido durante siglos explotando a los vulnerables, tomando lo que no les pertenecía, tratando las vidas humanas como meros recursos para su existencia eterna. Ese ciclo tenía que terminar.

Y si el destino había elegido a Emily Winters Blackwood para ser quien lo terminara, que así fuera. Abrazaría el papel, se prepararía para la batalla por venir. Porque la próxima vez que los Blackwood la encontraran—y habría una próxima vez—ella no estaría huyendo.

Estaría cazando.

Epilogue
One Year Later

The desert sunset painted the adobe walls of the small house in shades of orange and red. Emily sat on the porch, carving intricate symbols into a wooden stake—one of dozens she'd created over the past months.

Inside, Lucy and Elena—her grandmother's cousin, as it turned out—were preparing defensive talismans, filling small silver containers with blessed herbs and oils. The ritual dagger hung on the wall, its blade gleaming with unholy purpose.

They'd spent the year learning, training, preparing. Elena had introduced them to others—a loose network of hunters and witches who had fought the darkness for generations. Emily's grandmother, it seemed, had been part of this network, though she'd retired to raise Emily after her parents' deaths.

The "car accident" that killed them, Elena explained, had been no accident at all. Emily's parents had been hunters too, tracking a nest of vampires in the Midwest. Their deaths had been arranged to look natural, but those in the know recognized the signs of vampire revenge.

It all made horrible sense now—why her grandmother had been so insistent on the silver locket, the protective herbs, the warning to always keep iron nails above doorways. She'd been trying to protect Emily without burdening her with the family legacy.

A legacy Emily now embraced fully.

The sound of an approaching vehicle drew her attention. A dusty pickup truck pulled into the driveway, driven by a young man with watchful eyes and a scar across his cheek—Michael, one of the hunters who'd been teaching Emily combat techniques.

"You have news?" she asked as he approached the porch.

Michael nodded grimly. "Victor's been spotted in Colorado. He's gathering allies—other old bloodlines that owe the Blackwoods favors."

"And Lillian? Celeste?"

"No sign of Lillian. Celeste has been recruiting in the Northeast—young vampires, newly turned. Building an army." He handed Emily a manila envelope. "These arrived from our contact in Europe."

Inside were photocopies of ancient texts, illustrations of rituals similar to the one Emily had interrupted at Blackwood Manor. "The original pact," she murmured, scanning the faded script. "Elena will want to see these."

Michael hesitated, then added, "There's something else. A girl was found in Albuquerque last week—drained of blood, with the Blackwood crest carved into her arm."

Emily's grip tightened on the stake. "A message for me."

"They're getting closer," Michael confirmed. "And they're angry."

Inside the house, Lucy called out that dinner was ready. Life went on, even in the shadow of approaching darkness. They ate together, the four of them planning their next moves, sharing intelligence gathered by the network.

Later, alone in her small bedroom, Emily opened the locket that had saved her life that night at Blackwood Manor. Inside, nestled among the protective herbs, she'd added a small photograph—James on their wedding day, smiling the smile that had once made her heart race.

She didn't regret killing him. He'd made his choice centuries ago. But she kept the photo as a reminder of how easily darkness could wear a beautiful face, how love could be weaponized by the truly heartless.

On her windowsill stood a row of small bottles—holy water from seven different churches, each blessed with specific prayers against the undead. Beneath her bed lay more stakes, a crossbow, silver-edged knives.

Emily closed the locket, feeling its comforting weight against her skin. The Blackwoods were coming. Victor and his remaining family, enraged by the destruction of their ancestral home, the disruption of their centennial ritual, the deaths of two of their ancient line.

They expected to find a frightened bride, a woman running for her life.

Instead, they would face a hunter, forged in the fire of their own making.

Emily Winters Blackwood—no longer just prey, but huntress.

And when they finally found her, the family reunion would be one to die for.

THE END

Epílogo
Un año después

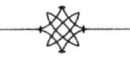

El atardecer del desierto pintaba las paredes de adobe de la pequeña casa en tonos naranja y rojo. Emily estaba sentada en el porche, tallando intrincados símbolos en una estaca de madera—una de docenas que había creado durante los últimos meses.

Dentro, Lucy y Elena—la prima de su abuela, resultó ser—estaban preparando talismanes defensivos, llenando pequeños recipientes de plata con hierbas benditas y aceites. La daga ritual colgaba en la pared, su hoja brillando con propósito impío.

Habían pasado el año aprendiendo, entrenando, preparándose. Elena las había presentado a otros—una red flexible de cazadores y brujas que habían luchado contra la oscuridad durante generaciones. La abuela de Emily, al parecer, había formado parte de esta red, aunque se había retirado para criar a Emily después de la muerte de sus padres.

El "accidente automovilístico" que los mató, explicó Elena, no había sido un accidente en absoluto. Los padres de Emily también habían sido cazadores, rastreando un nido de vampiros en el Medio Oeste. Sus muertes habían sido arregladas para parecer naturales, pero quienes estaban al tanto reconocían los signos de la venganza vampírica.

Todo tenía un horrible sentido ahora—por qué su abuela había insistido tanto en el medallón de plata, las hierbas protectoras, la advertencia de mantener siempre clavos de hierro sobre las puertas. Había estado tratando de proteger a Emily sin cargarla con el legado familiar.

Un legado que Emily ahora abrazaba plenamente.

El sonido de un vehículo acercándose llamó su atención. Una camioneta polvorienta entró en el camino de entrada, conducida por un joven de ojos vigilantes y una cicatriz en la mejilla—Michael, uno de los cazadores que había estado enseñando a Emily técnicas de combate.

"¿Tienes noticias?" preguntó ella mientras él se acercaba al porche.

Michael asintió sombríamente. "Victor ha sido visto en Colorado. Está reuniendo aliados—otros linajes antiguos que les deben favores a los Blackwood."

"¿Y Lillian? ¿Celeste?"

"Ninguna señal de Lillian. Celeste ha estado reclutando en el Noreste—vampiros jóvenes, recién convertidos. Construyendo un ejército." Le entregó a Emily un sobre manila. "Esto llegó de nuestro contacto en Europa."

Dentro había fotocopias de textos antiguos, ilustraciones de rituales similares al que Emily había interrumpido en la Mansión Blackwood. "El pacto original," murmuró, escaneando la escritura desvanecida. "Elena querrá ver esto."

Michael vaciló, luego añadió, "Hay algo más. Encontraron a una chica en Albuquerque la semana pasada—desangrada, con el escudo de los Blackwood tallado en su brazo." El agarre de Emily se tensó sobre la estaca. "Un mensaje para mí."

"Se están acercando," confirmó Michael. "Y están enfadados."

Dentro de la casa, Lucy anunció que la cena estaba lista. La vida continuaba, incluso bajo la sombra de la oscuridad que se aproximaba. Comieron juntos, los cuatro planeando sus próximos movimientos, compartiendo inteligencia recopilada por la red.

Más tarde, sola en su pequeña habitación, Emily abrió el medallón que le había salvado la vida aquella noche en la Mansión Blackwood. Dentro, anidada entre las hierbas protectoras, había añadido una pequeña fotografía—James en el día de su boda, con la sonrisa que una vez aceleró su corazón.

No se arrepentía de haberlo matado. Él había tomado su decisión siglos atrás. Pero conservaba la foto como recordatorio de cuán fácilmente la oscuridad podía llevar un rostro hermoso, cómo el amor podía ser convertido en arma por los verdaderamente despiadados.

En su alféizar había una fila de pequeñas botellas—agua bendita de siete iglesias diferentes, cada una bendecida con oraciones específicas contra los no-muertos. Bajo su cama yacían más estacas, una ballesta, cuchillos con bordes de plata.

Emily cerró el medallón, sintiendo su reconfortante peso contra su piel. Los Blackwood se acercaban. Victor y su familia restante, enfurecidos por la destrucción de su hogar ancestral, la interrupción de su ritual centenario, las muertes de dos miembros de su antigua estirpe.

Esperaban encontrar a una novia asustada, una mujer huyendo por su vida.

En cambio, se enfrentarían a una cazadora, forjada en el fuego de su propia creación.

Emily Winters Blackwood— ya no una simple presa, sino una cazadora.

Y cuando finalmente la encontraran, la reunión familiar sería para morirse.

FIN

Enjoyed this book?

Share your thoughts with a review and help more readers discover it! Your feedback truly makes a difference.

☆ ☆ ☆ ☆ ☆

To be the first to read my next book or for any suggestions about new translations, visit: https://arielsandersbooks.com/

SPECIAL BONUS

Want this Bonus Ebook for *free*?

SCAN W/ YOUR CAMERA TO DOWNLOAD THE EBOOK!

Glossary in English

Chapter 1

- Imposing (imponente) - impressive in size, appearance, or manner; creating respect or admiration
- Ominous (ominoso/siniestro) - giving the impression that something bad is going to happen
- Manicured (cuidado/arreglado) - carefully kept and controlled, especially referring to grounds or lawns
- Unease (inquietud/desasosiego) - a feeling of anxiety or worry
- Perpetually (perpetuamente) - in a way that continues indefinitely or permanently
- Possessive (posesivo) - demanding someone's total attention or love; desiring to control or dominate
- Devoid (desprovisto/carente) - completely lacking or free from something
- Quipped (comentó con sarcasmo) - made a witty or sarcastic remark
- Forthcoming (comunicativo/sincero) - willing to divulge information; open and honest
- Curtseyed (hizo una reverencia) - made a respectful gesture by bending the knees with one foot forward
- Oppressive (opresivo) - creating a sense of being weighed down; uncomfortable and restrictive
- Vaulted (abovedado) - having an arched structure forming a ceiling or roof
- Materialized (materializarse/aparecer) - appeared suddenly or unexpectedly
- Mounting (creciente) - gradually increasing or intensifying
- Somber (sombrío) - dark, gloomy, or dull in color or mood
- Phrasing (formulación/manera de expresarse) - the way in which something is expressed or worded
- Adjoining (contiguo/adyacente) - next to or joined with

- Impassive (impasible) - showing no sign of feeling or emotion; expressionless
- Discretion (discreción) - the quality of behaving in a way that avoids causing offense or revealing private information
- Hypnotic (hipnótico) - inducing a trance-like state resembling sleep; mesmerizing or spellbinding

Chapter 2

- Disoriented (desorientado) - feeling confused about where you are or what is happening
- Burgundy (borgoña/burdeos) - a deep reddish-purple color named after the wine from the Burgundy region of France
- Locket (medallón/relicario) - a small ornamental case, typically worn as a pendant on a necklace, containing a picture or lock of hair
- Reluctantly (a regañadientes) - in an unwilling or hesitant way
- Faltered (vaciló/titubeó) - lost strength or momentum temporarily; hesitated or wavered
- Servile (servil) - having or showing an excessive willingness to serve or please others
- Exquisite (exquisito) - extremely beautiful and delicate; intensely felt
- Undisguised (no disimulado) - not concealed or disguised; obvious
- Goblets (copas/cálices) - drinking vessels with stems and bases, typically made of glass
- Cavernous (cavernoso) - resembling a cavern in being large, deep, and hollow
- Decanter (decantador/licorera) - a decorative bottle into which wine or another liquid is decanted
- Smirk (sonrisa burlona) - a smug, conceited, or silly smile
- Discomfited (desconcertada/incómoda) - made to feel uneasy, embarrassed, or ashamed
- Abrupt (abrupto/brusco) - sudden and unexpected, typically unpleasant
- Venomous (venenoso) - filled with malice or spite; full of venom or poison
- Interjected (interpuso/interrumpió) - interrupted by saying something
- Misgivings (recelos/dudas) - a feeling of doubt or apprehension about the outcome or consequences of something

- Cryptic (críptico) - having a meaning that is mysterious or obscure
- Translucent (translúcido) - allowing light to pass through but not transparent enough to see clearly through
- Plagued (atormentaban) - caused continual trouble or distress to; tormented

Chapter 3

- Ajar (entreabierto) - slightly open; neither completely open nor completely closed
- Eerie (inquietante/siniestro) - strange and frightening; causing discomfort or fear
- Phosphorescence (fosforescencia) - light emitted by a substance without perceptible heat
- Predatory (depredador) - relating to or denoting an animal or human that naturally preys on others
- Menace (amenaza) - a person or thing that is likely to cause harm; a threat or danger
- Fumbled (tanteó/buscó a tientas) - handled or did something clumsily or incompetently
- Scraping (raspado/roce) - a harsh, grating sound made by something being scraped
- Candlestick (candelabro) - a holder with a socket for a candle
- Claw-foot (con patas de garra) - having feet shaped like animal claws, often referring to bathtubs or furniture
- Coppery (cobrizo) - resembling copper in taste, smell, or appearance
- Tang (sabor penetrante) - a strong, pungent taste or smell
- Sconces (apliques) - wall brackets for holding candles or electric lights
- Intrusion (intrusión) - the action of entering without invitation or permission
- Aristocratic (aristocrático) - relating to or typical of the aristocracy; having the characteristics of aristocracy
- Disdain (desdén) - the feeling that someone or something is unworthy of one's consideration or respect
- Banister (barandilla) - a handrail with supporting posts used alongside stairs
- Eavesdropping (escuchar a escondidas) - secretly listening to a private conversation
- Pulse point (punto de pulso) - a place on the body where a pulse can be felt, often at the wrist or neck

- Consequence (consecuencia/importancia) - importance or relevance; a result or effect of an action
- Primal (primario/primitivo) - relating to an early stage in evolutionary development; basic and fundamental

Chapter 4

- Obscuring (oscureciendo) - keeping something from being seen or known; concealing
- Otherworldly (sobrenatural/de otro mundo) - seeming to belong to or come from another world
- Bearings (orientación) - awareness of one's position or situation relative to one's surroundings
- Conflicted (conflictuada) - having or showing confused and mutually inconsistent feelings
- Foyer (vestíbulo) - an entrance hall or lobby in a building
- Recoil (retroceder/encogerse) - to suddenly move back or away, as from something unpleasant or frightening
- Amenities (comodidades) - useful features or facilities of a place
- Stiffened (se tensó) - became rigid or less relaxed, typically due to shock or fear
- Inverted (invertidos) - put upside down or in the opposite position, order, or arrangement
- Font (pila) - a receptacle for holy water, especially one used in baptism
- Tapestry (tapiz) - a piece of thick textile fabric with pictures or designs formed by weaving colored weft threads or by embroidery
- Uncanny (inquietante/sobrenatural) - strange or mysterious, especially in an unsettling way
- Ornately (ornamentadamente) - in a highly decorated manner with elaborate designs
- Keypad (teclado numérico) - a small keyboard or set of buttons for operating a device or machine
- Enigmatic (enigmático) - difficult to interpret or understand; mysterious
- Genealogical (genealógico) - relating to the study of family history and the tracing of lineages
- Bluntly (sin rodeos/directamente) - in a direct manner without subtlety or evasion

- Obligations (obligaciones) - acts or courses of action to which a person is morally or legally bound
- Vultures (buitres) - large birds that feed on the flesh of dead animals
- Unreadable (indescifrable) - impossible to interpret or understand; not revealing thoughts or feelings

Chapter 5

- Transparent (transparente) - so obvious that it can be seen through; not attempting to conceal anything
- Enlighten (iluminar/aclarar) - to give someone greater knowledge and understanding about a subject or situation
- Facade (fachada) - a deceptive outward appearance; the face of a building
- Resilience (resiliencia) - the capacity to recover quickly from difficulties; toughness
- Invulnerable (invulnerable) - impossible to harm, damage, or wound
- Sigils (sigilos/símbolos mágicos) - magical symbols or seals believed to have special powers
- Repelled (repelido/rechazado) - driven back; forced to turn away or retreat
- Cryptic (críptico) - having a meaning that is mysterious or obscure
- Grinding (rechinar/crujir) - making a harsh, grating sound through friction
- Embedded (incrustados) - fixed firmly and deeply in a surrounding mass
- Profusely (profusamente) - abundantly or in large amounts
- Frantically (frenéticamente) - in a hurried, desperate, or panic-stricken manner
- Smeared (manchada) - spread or wiped in a rough or careless way
- Nausea (náusea) - a feeling of sickness with an inclination to vomit
- Concealment (ocultamiento) - the action of hiding something or preventing it from being known
- Detachment (indiferencia/desapego) - the state of being objective or aloof; the action of detaching
- Interjected (interpuso) - inserted between other elements; interrupted by saying something
- Blurring (borrosa) - making or becoming unclear or less distinct

- Bruising (magullar/amoratado) - causing a bruise; injuring without breaking the skin
- Explorations (exploraciones) - the action of traveling through an unfamiliar area to learn about it

Chapter 6

- Sparsely (escasamente) - in a way that is thinly scattered or distributed; not densely
- Lucid (lúcido) - showing clear understanding or thinking; mentally sound and able to think clearly
- Capitulation (capitulación/rendición) - the action of surrendering or ceasing to resist an opponent or demand
- Decimating (diezmando) - killing, destroying, or removing a large percentage of a population or group
- Bolted (atornillado) - secured or fastened with a bolt; fixed firmly in place
- Vigilant (vigilante) - keeping careful watch for possible danger or difficulties
- Taxing (agotador) - physically or mentally demanding; wearing
- Inhumanly (inhumanamente) - in a way that is beyond normal human capability or behavior
- Snarled (gruñó) - made an aggressive growling sound; said something in an angry, bad-tempered voice
- Loomed (se cernía) - appeared as a shadowy, threatening form, especially in a frightening or impressively large way
- Frantically (frenéticamente) - in a hurried, desperate, or panic-stricken manner
- Alcove (nicho/hueco) - a small recessed section of a room or garden
- Hearth (hogar/chimenea) - the floor of a fireplace, or the area in front of it
- Ominously (ominosamente) - in a way that suggests something bad is going to happen
- Skidded (patinó/derrapó) - slid uncontrollably on a slippery surface
- Impasse (punto muerto) - a situation in which no progress is possible, especially because of disagreement
- Silhouetted (silueteado) - outlined against a lighter background so that only the shape is visible

- Deliberation (deliberación) - slow, careful movement or thought; careful consideration before a decision
- Recoiled (retrocedió) - moved backward suddenly when faced with something unpleasant or alarming
- Futile (fútil) - incapable of producing any useful result; pointless

Chapter 7

- Meager (escaso/exiguo) - lacking in quantity, quality, or both; inadequate
- Exuded (emanaba) - displayed, gave off, or emitted a feeling, quality, or impression
- Perched (posada/sentada) - sat on or at the edge of something, especially lightly or in a balanced or precarious way
- Significant (significativo) - sufficiently great or important to be worthy of attention; notable
- Scoffed (se burló) - spoke in a scornfully derisive or mocking way
- Crawled (se arrastraron) - moved forward with the body close to the ground; moved slowly
- Anxiety (ansiedad) - a feeling of worry, nervousness, or unease about something with an uncertain outcome
- Solemn (solemne) - characterized by deep sincerity; formal and dignified
- Vial (frasco/ampolla) - a small glass container, especially one used to hold liquid medicines
- Ethereal (etéreo) - extremely delicate and light in a way that seems not to be of this world
- Sash (fajín) - a long strip or loop of cloth worn as a belt or for decorative purposes
- Conceded (concedió/admitió) - admitted or acknowledged something as true or correct
- Wracked (torturó) - caused someone to feel mental pain or extreme distress
- Woefully (lamentablemente) - in a manner that demonstrates great sorrow or distress; deplorably
- Voluminous (voluminoso) - occupying or containing much space; large or bulky
- Wicked (malvado/afilado) - evil or morally wrong; extremely unpleasant; (of a thing) playfully mischievous or having a sharp point
- Incongruously (incongruentemente) - in a way that is not in harmony or keeping with the surroundings or other aspects

- Arcane (arcano) - understood by few; mysterious or secret
- Imperceptibly (imperceptiblemente) - in a way that is so slight, gradual, or subtle as not to be perceived
- Desiccate (desecar) - remove moisture from; cause to dry out completely

Chapter 8

- Intersected (se cruzaba) - crossed, met, or overlapped at one or more points
- Weathered (curtido/desgastado) - showing the effects of exposure to the weather; worn by age and experience
- Holstered (enfundada) - placed or carried in a holster; a leather holder for a gun or weapon
- Prompted (instigó/incitó) - encouraged or urged someone to do something; caused or brought about something
- Reluctantly (a regañadientes) - unwillingly; with hesitation or reluctance
- Dispatched (enviado) - sent off to a destination or for a purpose; dealt with promptly and efficiently
- Brooch (broche) - an ornamental pin or clip with a clasp to attach it to clothing
- Implications (implicaciones) - the conclusion that can be drawn from something although it is not explicitly stated
- Fitfully (inquietamente) - in short and irregular intervals; restlessly
- Smudged (manchada) - marked with dirty streaks or smears
- Singed (chamuscada) - burned superficially or slightly; scorched
- Gleamed (brillaron) - shone brightly, especially with reflected light
- Wanes (mengua/disminuye) - decreases in strength, intensity, or extent; becomes less powerful or prevalent
- Shriveling (marchitándose) - becoming wrinkled and contracted; withering
- Grimly (severamente) - in a very serious, gloomy, or determined manner
- Pact-blade (hoja del pacto) - a ceremonial or magical knife associated with a formal agreement or covenant
- Coven (aquelarre/círculo) - a group or gathering of witches

- Coincidence (coincidencia) - a remarkable concurrence of events without apparent causal connection
- Exploiting (explotando) - making use of a situation or treating someone unfairly in order to benefit from their work
- Vulnerable (vulnerables) - exposed to the possibility of being attacked or harmed, either physically or emotionally

Epilogue

- Adobe (adobe) - a building material made from earth and organic materials; sun-dried bricks made of clay and straw
- Intricate (intrincados) - very complicated or detailed; having many interrelated parts or facets
- Talismans (talismanes) - objects thought to possess magical properties that protect the wearer from evil or harm
- Burdening (abrumando) - loading heavily; imposing a difficult responsibility or worry
- Legacy (legado) - something handed down from the past, as from an ancestor or predecessor
- Grimly (severamente) - in a very serious, gloomy, or determined manner
- Bloodlines (linajes) - families or groups descended from a common ancestor; ancestry or pedigree
- Weaponized (convertido en arma) - adapted for use as a weapon; transformed into something harmful
- Centennial (centenario) - relating to a hundredth anniversary; occurring once every hundred years
- Forged (forjada) - formed, shaped, or created with concentrated effort, especially through difficulty

Glosario en Español
Capítulo 1

- Chirriaron - emitieron un sonido agudo y desagradable, típico de objetos metálicos al rozarse o al moverse sin lubricación
- Veteado - que presenta vetas o líneas de diferente color o textura que se entremezclan en un material o superficie
- Atemporal - que no pertenece a una época específica; cualidad de algo que trasciende el tiempo y permanece vigente
- Desprovista - carente completamente de algo; que está ausente de una cualidad o característica particular
- Escabulló - se marchó o escapó discretamente, con sigilo y rapidez para evitar ser notado
- Impasible - que no muestra emoción ni alteración ante circunstancias que normalmente provocarían una reacción
- Serpenteando - moviéndose en forma de curvas ondulantes, similar al desplazamiento de una serpiente
- Inmaculados - perfectamente limpios, sin manchas ni imperfecciones; en estado de perfecta pulcritud
- Posesiva - que muestra un deseo excesivo de control o dominio sobre algo o alguien
- Materializó - apareció o se hizo visible repentinamente, como surgiendo de la nada
- Perpetuamente - de manera continua o permanente; que dura indefinidamente sin interrupción
- Abovedados - con forma de bóveda o cúpula; techos o estructuras arqueadas que se curvan hacia arriba
- Dosel - estructura ornamental que se coloca sobre una cama u otro mueble como decoración o protección
- Inquietud - estado de desasosiego, preocupación o intranquilidad; sensación de nerviosismo
- Murmuró - habló en voz baja, casi inaudible, generalmente para comunicar algo en privado

- Discreción - cualidad de ser prudente al hablar o actuar; capacidad de guardar secretos y ser reservado
- Recortados - cortados con precisión para dar una forma específica; terrenos o plantas podados cuidadosamente
- Opresiva - que produce una sensación de agobio, pesadez o sofocación; ambiente que limita la libertad
- Prismática - que descompone la luz en sus colores componentes, como lo hace un prisma
- Hipnótica - que induce un estado similar al trance o sueño; voz o cualidad que cautiva intensamente la atención

Capítulo 2

- Desorientada (disoriented) - confundida respecto a su ubicación o situación; sin poder identificar dónde está o qué sucede
- Menguante (fading/waning) - que disminuye gradualmente en intensidad, fuerza o brillo; en proceso de reducción
- Borgoña (burgundy) - color rojo oscuro con matices purpúreos, como el vino tinto de la región francesa de Borgoña
- Medallón (locket) - joya pequeña que se lleva colgada al cuello, generalmente con forma redonda u ovalada que puede abrirse para guardar un recuerdo
- Escoltarla (to escort her) - acompañarla para protegerla o guiarla; conducirla de un lugar a otro
- A regañadientes (reluctantly) - de manera forzada o sin verdadera voluntad; con resistencia o disgusto
- Vaciló (faltered/hesitated) - dudó momentáneamente; mostró inseguridad o indecisión
- Servil (servile) - excesivamente sumiso o obsequioso; que muestra una actitud de servidumbre exagerada
- Exquisita (exquisite) - extremadamente bella o refinada; de gran calidad o delicadeza
- Cavernosa (cavernous) - que semeja una caverna en tamaño o resonancia; amplia y vacía como una cueva
- Licorera (decanter) - recipiente decorativo para servir licores o vinos, generalmente de cristal o vidrio
- Burlona (smirking) - que expresa burla o desprecio; con una sonrisa de superioridad o sarcasmo
- Desvaneciéndose (melting away) - desapareciendo gradualmente; disipándose hasta no ser perceptible
- Venenosa (venomous) - llena de veneno o malicia; que causa daño mediante toxinas o palabras hirientes
- Abrupto (abrupt) - súbito e inesperado; sin preparación o aviso previo; brusco
- Recelos (misgivings) - sospechas o dudas; sentimientos de inquietud o desconfianza sobre algo

- Crípticos (cryptic) - misteriosos o enigmáticos; difíciles de entender o interpretar
- Translúcida (translucent) - que permite el paso de luz pero no permite ver claramente a través; parcialmente transparente
- Atormentaban (plagued) - causaban sufrimiento constante; acosaban o molestaban persistentemente
- Fruncir el ceño (to frown) - gesto facial que consiste en juntar las cejas en señal de preocupación, enfado o concentración

Capítulo 3

- Sobresaltada (startled) - asustada repentinamente; que reacciona con un movimiento brusco por sorpresa o miedo
- Sigilosamente (stealthily) - de manera silenciosa y cautelosa; moviéndose sin hacer ruido para no ser detectado
- Entreabierta (ajar) - parcialmente abierta; ni completamente cerrada ni completamente abierta
- Fosforescencia (phosphorescence) - brillo o luminosidad que emiten ciertas sustancias sin generar calor perceptible
- Depredadora (predatory) - relacionada con un comportamiento de cazador o predador; que acecha o busca capturar una presa
- Disipar (dispel) - hacer desaparecer o desvanecer; eliminar dudas, miedos u oscuridad
- Desbloqueada (unlocked) - que no está cerrada con llave; que ha sido abierta o no tiene seguro
- Raspado (scraping) - sonido áspero producido al frotar o rozar superficies; acción de raspar
- Pestillo (latch) - mecanismo simple de cierre para puertas o ventanas que no requiere llave
- Cobrizo (coppery) - de color o sabor similar al cobre; rojizo con tonos metálicos
- Apliques (sconces) - lámparas o elementos de iluminación fijados a la pared
- Intrusión (intrusion) - acto de entrar sin permiso o invitación; invasión de un espacio o lugar privado
- Aristocrático (aristocratic) - perteneciente a la aristocracia; que muestra refinamiento o elegancia propios de la clase alta
- Desdén (disdain) - sentimiento de desprecio o menosprecio; consideración de algo o alguien como indigno
- Pasamanos (banister) - barandilla que acompaña una escalera para apoyo y seguridad
- Espionaje (eavesdropping) - acto de escuchar secretamente conversaciones ajenas; observación clandestina

- Contraatacó (countered) - respondió a un ataque con otro; contestó a una acusación o crítica
- Mesita de noche (nightstand) - pequeño mueble junto a la cama usado para colocar objetos personales o una lámpara
- Medida (measured) - controlada o regulada; que sigue un ritmo específico y constante
- Silueteadas (silhouetted) - perfiladas contra un fondo más claro; mostradas como contornos oscuros

Capítulo 4

- Bruma (mist/fog) - niebla ligera, especialmente la que se forma sobre el agua o en zonas húmedas
- Sobrenatural (otherworldly) - que excede los límites de lo natural; que no puede explicarse por leyes naturales
- Orientarse (to get one's bearings) - situarse o ubicarse en un espacio; familiarizarse con un entorno
- Reluciente (gleaming) - que brilla intensamente; que refleja la luz con gran intensidad
- Gorguera (ruff) - cuello rígido y plisado, generalmente de encaje, usado en la moda de los siglos XVI y XVII
- Ornamentadamente (ornately) - de manera muy decorada o adornada; con elaboración artística compleja
- Enigmática (enigmatic) - misteriosa o difícil de interpretar; que contiene un enigma
- Genealógicos (genealogical) - relativos al estudio del origen y evolución de las familias y linajes
- Indicio (hint) - señal sutil o leve; pista o insinuación de algo que no es completamente obvio

vForzada (strained) - que muestra tensión o esfuerzo; no natural o espontánea

- Difuminados (blurred) - con contornos poco definidos; desenfocados o borrosos intencionalmente
- Lánguido (limp) - que muestra debilidad o falta de energía; flácido o sin vigor
- Indescifrable (unreadable) - imposible de interpretar o entender; que no revela pensamientos o sentimientos
- Escabullirse (to slip away) - marcharse o salir de un lugar discretamente y sin ser notado
- Aferrarse (to clutch) - sujetar con fuerza o firmeza; agarrar algo con determinación
- Buitres (vultures) - aves carroñeras de gran tamaño que se alimentan de animales muertos
- Pomo (doorknob) - pieza redondeada que sirve para abrir o cerrar puertas girándola

- Hermanita (little sister) - forma diminutiva y afectuosa o condescendiente de referirse a una hermana
- Congelada (frozen) - inmóvil por miedo o sorpresa; paralizada emocionalmente
- Codo (elbow) - articulación que une el brazo con el antebrazo; parte del brazo donde se dobla

Capítulo 5

- Transparente (transparent) - tan obvio que se puede ver a través; que no intenta ocultar nada
- Iluminar (enlighten) - dar conocimiento o comprensión; clarificar o explicar algo
- Fachada (facade) - apariencia externa engañosa; cara frontal de un edificio
- Acechaba (lurked) - permanecía oculto al acecho; esperaba escondido para atacar o aparecer
- Resistencia (resilience) - capacidad de recuperarse ante la adversidad; fortaleza para resistir presión o dificultades
- Invulnerables (invulnerable) - que no pueden ser heridos, dañados o afectados; inmunes al daño
- Grabados (engravings) - diseños o inscripciones tallados en una superficie dura como metal o madera
- Picoteó (picked at) - comió sin apetito; tocó la comida sin realmente comerla
- Críptica (cryptic) - de significado oculto o misterioso; difícil de entender o interpretar
- Chirriante (grinding) - que produce un sonido áspero por fricción; rechinante
- Incrustados (embedded) - firmemente fijados dentro de una masa o superficie; insertados profundamente
- Dulzón (sickly sweet) - excesivamente dulce de manera desagradable; con un dulzor empalagoso
- Frenéticamente (frantically) - de manera apresurada y desesperada; con agitación extrema
- Caligrafía (handwriting) - arte de escribir a mano con letra bella; estilo personal de escritura
- Moretón (bruise) - marca de color oscuro en la piel causada por un golpe; contusión
- Encadenado (chained) - sujetado o asegurado con cadenas; privado de libertad de movimiento
- Náusea (nausea) - sensación de malestar estomacal con impulso de vomitar; asco intenso

- Desapego (detachment) - falta de interés emocional; separación o distanciamiento
- Contundente (bruising) - que causa daño o hematomas; que impacta con fuerza
- Intuyó (sensed) - percibió o comprendió algo sin un razonamiento consciente; presentimiento

Capítulo 6

- Palpitando (pounding) - latiendo o golpeando con fuerza; sensación de pulso fuerte y doloroso
- Escasamente (sparsely) - de manera pobre o reducida; con pocos elementos o muebles
- Lúcida (lucid) - que piensa o razona con claridad; mentalmente despejada y consciente
- Incorporarse (to sit up) - levantarse parcialmente desde una posición horizontal; asumir una posición sentada
- Desangres (drain you dry) - extraer toda la sangre; dejar a alguien completamente sin sangre
- Ancestral (ancient) - que proviene de antepasados lejanos; que tiene origen en tiempos muy antiguos
- Diezmando (decimating) - destruyendo o matando una gran proporción; reduciendo severamente en número
- Capitulación (capitulation) - rendición o sumisión; acto de ceder ante una presión o demanda
- Atornillado (bolted) - fijado firmemente con tornillos; asegurado para que no pueda moverse
- Agotadores (taxing) - que consumen mucha energía o esfuerzo; muy cansadores o exigentes
- Ronroneó (purred) - emitió un sonido suave y vibrante como el de un gato contento; habló con tono seductor
- Chisporroteó (sizzled) - produjo un sonido crepitante como de fritura; reaccionó con efervescencia
- Abalanzó (lunged) - se movió repentina y violentamente hacia adelante; arremetió
- Ominosamente (ominously) - de manera que sugiere que algo malo va a suceder; amenazadoramente
- Cobertizo (shed) - pequeña construcción, generalmente de madera, usada para almacenamiento de herramientas
- Astillar (splinter) - romper o quebrar en fragmentos pequeños y afilados; hacerse pedazos
- Horquilla (fork) - herramienta de jardín con dientes o púas para cavar o levantar; utensilio para comer

- Silueteada (silhouetted) - perfilada contra un fondo más claro; mostrada como una forma oscura sin detalles internos
- Trastabilló (stumbled) - perdió momentáneamente el equilibrio; tropezó o vaciló al caminar
- Fútil (futile) - que no produce el resultado deseado; inútil o vano; destinado al fracaso

Capítulo 7

- Escasos (meager) - insuficientes o limitados; muy pocos en cantidad o calidad
- Emanaba (exuded) - desprendía o irradiaba; emitía un sentimiento, cualidad o impresión
- Posarse (to perch) - sentarse ligeramente o en equilibrio en el borde de algo
- Significativa (significant) - importante o notable; que tiene un valor o impacto considerable
- Burlarse (to scoff) - hablar con desprecio o menosprecio; mostrar desdén mediante palabras o gestos
- Arrastraron (crawled) - se movieron lentamente y con dificultad; pasaron con gran lentitud
- Etéreo (ethereal) - extremadamente delicado y ligero; que parece no pertenecer a este mundo
- Fajín (sash) - banda o cinta de tela que se usa alrededor de la cintura; parte de un vestido ceremonial
- Concedió (conceded) - admitió o reconoció algo como verdadero; cedió ante un argumento
- Magullado (bruised) - con contusiones o moretones; marcado por golpes o presión
- Ferozmente (fiercely) - de manera intensa y agresiva; con gran determinación o pasión
- Incongruentemente (incongruously) - de manera que no armoniza o encaja con el entorno; fuera de lugar
- Arcanas (arcane) - misteriosas u ocultas; conocidas por muy pocos; antiguas y secretas
- Imperceptiblemente (imperceptibly) - de manera tan sutil o gradual que apenas puede ser percibida
- Marchitándose (withering) - secándose o consumiéndose; deteriorándose visiblemente
- Quebradizo (brittle) - frágil y que se rompe fácilmente; sin flexibilidad

- Atronador (thunderous) - extremadamente fuerte como un trueno; de sonido potente y retumbante
- Fantasmales (ghostly) - semejantes a fantasmas; pálidas y etéreas
- Florecía (bloomed) - se desarrollaba completamente; se extendía como una flor al abrirse
- Se sumergió (plunged) - se introdujo o entró bruscamente; se internó completamente

Capítulo 8

- Asentamiento (settlement) - lugar donde se ha establecido un grupo de personas formando una comunidad; pueblo pequeño
- Curtido (weathered) - endurecido o marcado por la exposición prolongada al clima; rostro con arrugas por la experiencia
- Enfundada (holstered) - metida en una funda; arma colocada en su estuche de protección
- Indagó (prompted/inquired) - preguntó con intención de investigar; buscó información mediante preguntas
- Libreta (notepad) - cuaderno pequeño para tomar notas; bloc de hojas para escribir
- Implicaciones (implications) - consecuencias o efectos que no se expresan directamente; lo que se sugiere sin decirlo
- Intranquila (fitfully) - sin descanso o calma; con interrupciones o sobresaltos frecuentes
- Rasguño (scratching) - sonido o marca producida al rozar una superficie con algo afilado o duro
- Hollín (soot) - sustancia negra y pulverulenta que se forma por la combustión incompleta; residuo negro del fuego
- Chamuscada (singed) - ligeramente quemada en la superficie; con marcas superficiales de quemadura
- Mengua (wanes) - disminución gradual; reducción progresiva de fuerza, intensidad o poder
- Linaje (bloodline) - ascendencia familiar; sucesión de descendientes de un antepasado común
- Sombríamente (grimly) - de manera seria o severa; con determinación ante circunstancias difíciles
- Aquelarre (coven) - reunión o grupo de brujas; comunidad dedicada a prácticas mágicas
- Coincidencia (coincidence) - ocurrencia simultánea de eventos aparentemente no relacionados; casualidad
- Entrever (to hint at) - ver parcialmente o de manera incompleta; sugerir o insinuar sin decir claramente

- Explotando (exploiting) - aprovechando de manera abusiva; sacando ventaja injusta de personas o situaciones
- Vulnerables (vulnerable) - susceptibles de ser heridos o dañados física o emocionalmente; en situación de desprotección
- Abrazaría (would embrace) - acogería o aceptaría voluntariamente; adoptaría con entusiasmo
- Santuario (sanctuary) - lugar seguro o refugio; espacio protegido donde uno está a salvo

Epílogo

- Adobe (adobe) - material de construcción hecho de barro y paja secado al sol; típico de arquitectura del desierto
- Talismanes (talismans) - objetos a los que se atribuyen poderes mágicos o protectores; amuletos con propiedades sobrenaturales
- Legado (legacy) - aquello que se transmite de generaciones anteriores; herencia cultural o familiar
- Cargándola (burdening) - imponiéndole una responsabilidad pesada; sometiéndola a un peso emocional o mental
- Venéreos (vampiric) - relativos a los vampiros; de naturaleza o características vampíricas
- Cicatriz (scar) - marca permanente en la piel tras una herida; señal visible de una lesión pasada
- Sombríamente (grimly) - de manera seria y determinada; con expresión severa ante circunstancias difíciles
- Convertidos (turned) - transformados en vampiros; cambiados de humanos a no-muertos
- Despiadados (heartless) - sin compasión o misericordia; crueles y sin sentimientos hacia otros
- Centenario (centennial) - que ocurre cada cien años; relacionado con un período de cien años

Printed in Dunstable, United Kingdom